U0945055

黑塞作品

Demian

德米安

Hermann Hesse
［德国］赫尔曼·黑塞 著
罗 炜 译

译林出版社

目　录

序　言

> 我只想试着体验那种从自身
> 油然而生的东西。可为什么这样做却
> 是如此艰难呢？

为了讲述我的故事，必须要从很久以前开始讲起。假如办得到，我恐怕还得回溯到更久更久以前，回溯到我童年的最初岁月，甚而越过这些岁月，回溯到我那悠远的出生。

小说家写作时，习惯装模作样，似乎他们就是上帝，能够高高在上地俯瞰和理解任何一个人的故事，并且能够描绘这个故事，就像上帝在给自己讲述这个故事一般，毫不掩饰、字字珠玑。我做不到这样。不过，我的故事对我的重要性却要大于任何一个诗人的故事之于这个诗人的重要性；因为它是我自己的故事，而且它也是一个人——并非一个虚构的、一个可能的、一个观念上的或者是不存在的人，而是一个真实、独一无二、活生生的人的故事。然而，一个真正活生生的人，这是什么，今天人们对此所知甚少，少过以往任何时候，不仅如此，人们还开枪把这些人成群成群地射死[①]，要知道这些人当中的任何一个都是自然的一次宝贵的、独一无二的尝试。我们不仅仅是独一无二的人，若非如此，人们恐怕就真的能够用一颗子弹把我们每一个人从这个世界上彻底清除，那样的话，讲多少故事都不再有意义了。但每个人却不只是他自己，他还是独一无二的、与众不同的、无论如何都是重要和奇特的那个点，世界的各种现象交汇于这一点，只此一次，后无来者。因此每个人的故事都是重要的、永恒的、神性的，因此每个人，只要他还活着，还在满足着自然的意愿，他就是神奇的，他就值得关注。每个人的精神都变成了具体的形态，每个人的造物都在受苦，每个人都有一个拯救者被钉在十字架上。

人是什么，今天很少有人知道。很多人感觉到这一点，因而会死得容易一些，正如我，在我写完这个故事后，将会死得容易一些。

我从不认为自己是一个知情者。我曾经是一个找寻者，我现在仍是，但我不再跑到星星丛中和故纸堆里去找寻，我开始聆听那些我身上的热血为之奔涌的学说。我的故事令人不悦，它不如一个个虚构的故事甜蜜和谐，它有着荒诞和迷惘的味道，有着疯癫和梦幻的味道，正如所有不再愿意自欺欺人的人们所过的生活

① 这部小说完成于 1917 年，此处影射当时仍在激烈进行的第一次世界大战。——原书稿没有任何注释，所有注释均为译者所加。

那般。

每个人的生活都是一条通向他自己的路，或许是一条充满试探的路，或许是一条充满暗示的小路。还没有人完完全全成为他自己；有人沉闷，有人还算清醒，人人都竭尽全力，尽管如此，每个人仍然以此为追求。每个人都背负着他出生的残余，一个原始世界的黏液和蛋壳[①]，走向终结。有些人永远成不了人，永远是青蛙，永远是蜥蜴，永远是蚂蚁。有些人上身是人，下身是鱼。但每个人都是自然的一次尝试。而所有人的共同之处则是他们的来源，他们的母亲，我们大家都来自于那同一个渊薮；然而，每个人，作为一种来自深处的尝试和成就，都会努力追求自己的目标。我们能够相互理解，但每个人能够诠释的只有他自己。

① 蛋是一种古老繁殖力的象征，作为“世界之蛋”的蛋象征着创造力的全部。

第一章　两个世界

我的故事要从我上我们小城拉丁文学校[①]时的一次经历讲起。

一时间，多少往事散发着芳香迎面扑来，触动我的心扉，交织着痛苦和愉悦的感情。一条条昏暗的胡同，一座座明亮的房屋和钟塔，一阵阵钟声和一张张人脸，一间间舒适、温暖而又惬意的居室，又或是充满秘密和恐惧的居室。我闻到逼窄却温暖的气味，兔子和女佣的气味，家庭常备药品和水果干的气味。当年，两个世界在那里交织，一如白昼与黑夜从东西两极降临。

一个世界是父亲的家，但这个世界窄小一些，这个世界其实只容纳着我的双亲。总的说来，我对这个世界十分熟悉，它叫作母亲和父亲，它又叫作慈爱和严厉、榜样和学校。有柔和的光属于这个世界，这里的言谈温和友善，手儿洗得干净，衣裳干净整洁，显然这里的人们有着良好的家庭教养。这里早晨唱赞美诗，这里庆祝圣诞节。在这个世界里有通往未来的路线与途径，有义务与罪责、问心有愧与忏悔、原谅与良好意愿、爱与尊重、《圣经》

① 主课为拉丁文的中小学，包含十三年制文理中学的低年级。

经文与哲学智慧。为了生活保持清晰、纯洁、美丽和有序，你必须使自己忠于这个世界。

与此同时，另一个世界也已经在我们自己的家中开始，这两个世界完全不同，不同的气味，不同的话语，不同的承诺和要求。在这第二个世界里有女佣和（学徒期满的）流动工匠，鬼怪故事和流言蜚语，在这里奔涌着各种阴森的、诱人的、可怕的、谜一般的事物，屠宰场和监狱、醉汉和破口大骂的婆娘、分娩的母牛、打前失[①]的马匹，对于偷盗、杀人、自杀的讲述，尽是诸如此类的事情。所有这些“漂亮”的、令人毛骨悚然的、粗野的和残暴的事情周围全有，在最近的胡同里，在隔壁的小楼里，协警和流浪汉四处游走。醉汉揍他们的婆娘，成群结队的青春少女在傍晚时分从工厂里涌出，老太婆们则有法子把人弄得晕晕乎乎、病病怏怏，强盗们住在林子里，纵火犯被乡警逮捕——这第二个充满生机的世界遍地开花，香气四溢，无处不在，却独独不在有我父亲和母亲在的屋里。多么美妙，我们这里有平和、秩序与宁静，有义务与问心无愧、谅解与爱——多么美妙，即便有着所有的这些不同，所有的喧嚣和尖叫、阴暗和暴力，你仍旧能够逃离，因为你有母亲可以投奔。

而最最奇特的是，这两个世界彼此接壤，它们在一起是如此的靠近！以我们的女佣莉娜为例，傍晚在客厅里做简短的礼拜时，

---

① 指马、驴等因前蹄没站稳而跌倒或几乎跌倒。

她坐在门边用她那清脆的声音跟着大家一起唱祈祷歌，一双洗得干干净净的手平放在抹得平平整整的围裙上，这个时候，她完全属于父亲和母亲，属于我们，属于明亮和正确。一转眼，待她走进厨房或木棚子里跟我讲无头小男人的故事，或者当她在肉铺老板的小店里与身边的婆娘吵架，这个时候，她就是另外一个人，属于另外一个世界，充满了神秘。说真的，世间万物皆如此，我自己更是如此。确实，我属于明亮和正确的世界，我是我父母的孩子，然而，无论我的眼睛看向何处，我的耳朵听向何方，另一个世界无处不在，我也活在那另一个世界之中，尽管它对我而言常常是陌生和阴森的，尽管在那里每隔一段时间就会感到问心有愧与恐惧。我甚至偶尔喜欢生活在那个被禁止的世界里，而回归明亮之乡——无论这种回归多么必要多么美好——往往就跟回到更丑、回到更无聊和更荒凉相差无几。有时我也知道：我的生活目标就是变得跟我的父母亲一样，他们是那样明亮、纯洁，那样深思熟虑、有条不紊。然而，在达到这一目标之前还有很长的路要走，在达到这一目标之前你还得把学校的板凳坐穿，还得埋头苦学、参加一系列排练和考试。这条路会不断地经过另一个较为黑暗的世界，从它中间穿过，然而，你却根本不会在它身边停留，也根本不会深陷其中。那些有过如此经历的回头浪子[①]的故事很多，我激情满怀拜读过这些故事。在这些故事里，回归父亲、

① 德文为 der verlorene Sohn，指《圣经》中回头的浪子，忏悔的罪人。

回归善总是具有如此的救赎力，总是如此的令人震撼，我完全能够感受到，这些故事说的是唯有如此才是正确、善和值得向往的，尽管如此，故事中讲述恶人和不可救药之徒的那个部分却要诱人得多，假如可以说、可以承认的话，那么，其实有时恰恰令人遗憾的就是浪子忏悔、洗心革面重新做人。但实际上没有人会这样说，也没有人会这样想。这只是多多少少地存在着，作为一种预感和可能，深藏在感觉中。每当我想象魔鬼时，我可以想当然地认为魔鬼就在街道一隅，或乔装打扮，或公然露面，要不就是在年市上，再不就是在一家酒馆里，但却从来没有在过我们家里。

我的姐妹们同样也属于这个明亮的世界。她们，我经常这样认为，在本质上更接近父亲和母亲，她们比我更好、更有教养、更少犯错。她们也有缺陷，也有坏习惯，但在我看来，那都不算太严重，都不像我，我和恶的接触常常变得沉重、令人难堪，我和那个黑暗世界的距离要近很多很多。姐妹们同父母亲一样必须得到呵护和尊重，如果你和她们吵了架，那么你事后面对自己良心时就总会觉得自己是那个坏蛋，那个主使，那个不得不请求原谅的人。因为冒犯姐妹就是冒犯父母——善和统率。有些秘密，我其实更能同那些堕落的小巷混混们分享，而不是和我的姐妹。在美好的日子里，当天气晴朗、良心正常时，同姐妹们一起玩耍，好好地彬彬有礼地同她们在一起，看见自己有一个乖巧、高尚的表象，就常常感到惬意。如果你是个天使，就必须是这个样子！这就是我们所知道的至高无上，在我们的心目中，做个天使，被明亮的乐音和宛如圣诞与幸福的芬芳所环绕，该是多么甜蜜和神奇。哦，这样的时辰和日子太少了！我经常会在玩温良、无害、合规的游戏时，表现出异常的激动，甚至令姐妹们难以承受，导致争吵和事故，随后怒气冲天的我会变得十分可怕，接下来做的事和说的话都会十分出格，其邪恶程度还在我做这些事和说这些话的时候，就连我自己都已感到无可救药。随后到来的便是不愉快、阴郁、充满后悔与悔恨的时辰，再后来就是那由我主动请求原谅的痛苦时刻，再再后来又是一线亮光，一种平静和感恩，没有任何内心冲突的幸福，持续数小时或者数秒。

在一个空闲的下午——我刚过十岁没几天——我正在和邻居家的两个小男孩一起瞎玩。这时一个个子高一些的加入进来，是个大力气的粗鲁小子，约莫十三岁，公立学校[①]学生，一个裁缝的儿子。他的父亲是个酒鬼，他们全家人的名声都很差。弗兰茨·柯洛墨我一点都不陌生，我害怕他，现在他闯入我们当中，这让我很不喜欢。他已经具有一些男人的做派，还模仿那些年轻的工厂学徒走路的样子和说话的方式。在他的带领下，我们挨着桥下到河岸，把自己藏在第一个桥拱下面，不让世人看见。这河岸很狭窄，夹在拱圆的桥壁与缓慢流淌的河水之间，充斥着

① 这是德国的一种八年制的中学（德文为 Volkschule），处在较低社会阶层的家庭一般会把孩子送进这种学校上学，大约相当于我国国内的一般初中。

垃圾，充斥着碎片和破烂、胡乱堆放的一捆捆锈铁丝和其他废物。那里有时可以找到一些还能用的东西。我们必须在柯洛墨领导下把这一带搜寻个遍，还要把我们找到的东西拿给他看。他不是将其据为己有，就是将其远远地抛入水中。他叫我们留心找到的东西中是否含铅、铜或锡，碰到这样的东西他会全部据为己有，被他据为己有的还有一把老旧的角质梳。和柯洛墨一起玩令我感到不安，不是因为我知道父亲会禁止这种交往，而是出于对弗兰茨本人的恐惧。令我感到高兴的是，他对待我跟对待其他人一样。他指挥，我们听从，就好像这是一个古老的习俗，尽管我还是头一次和他玩在一起。

最后我们坐到岸边的地上，弗兰茨往水里吐唾沫，看上去像个男子汉；他从掉了一颗牙的缺口往外吐唾沫，不管往哪儿吐都能吐中。我们开始聊天，小男孩们纷纷拿出在学校里干下的英雄壮举和恶作剧来进行炫耀和自我吹嘘。我没有吱声，心里却担心自己因为沉默而引起注意，从而让柯洛墨迁怒于自己。我的两个同伴从一开始就疏远我，向他表了忠心，我是他们当中的异类，我感觉我的着装和举止对他们是一种挑衅。作为拉丁语学校学生和地主老财幼子的我不可能受弗兰茨喜爱，而那另外两个，我也深深地感觉到，一旦到了节骨眼上，就会对我予以否定，弃我于不顾。

终于，纯粹出于害怕，我也开始了讲述。我编造了一个了不得的强盗故事，让自己成为这个故事里的一位英雄。在埃克磨坊附近的一个园子里，我这样讲道，我和一个同伴一起乘着夜色偷了满满一袋子苹果，这可绝对不是一般的苹果，而是纯正的莱尼特①和金黄莱尼特②，是最好的品种。我为躲避瞬间的危险而逃进这个故事里，我熟练地编故事、讲故事，为了不让故事马上讲完，从而有可能被卷入更为糟糕的事情，我让我的全部技能大放异彩。我们之中的一个人，我讲道，必须一直在那儿站岗放哨，与此同时，另一个人则在树上往下扔苹果，装苹果的口袋太重了，最后我们不得不又把口袋打开留下一半，不过，半小时后我们又回来把那一半也给取走了。

当我讲完时，我希望得到一些喝彩，我最后变得浑身热血沸腾，为自己的胡编乱造所陶醉。那两个小家伙一声不吭地观望，而弗兰茨·柯洛墨一边用半闭着的两眼逼视我，一边用威胁的口吻问道："这是真的吗？"

"正是。"我说道。

"也就是说千真万确咯？"

"是的，千真万确，"我一再执着地保证着，内心却害怕得快要窒息。

"你能发誓吗？"

---

① 一种绿色、粗皮、容易保存的苹果。

② 表皮为金黄色的莱尼特苹果。

我先是吓了一跳，但随即表示可以。

“好吧，那你就说：上帝和天堂的幸福作证！”

于是我就说：“上帝和天堂的幸福作证！”

“那就这样吧。”他一边说，一边转过身去。

我心想，这样就好，当他随即起身踏上归途时，我还很高兴。待我们来到桥上时，我怯生生地说，我现在必须回家了。

“回家犯不着这么急，”弗兰茨大笑道，“我们可是同路呢。”

他慢慢腾腾地继续闲逛，我也不敢开溜。不过，他真的走的是去往我家的路。当我们走到那里时，当我看见我们家的大门，看见门上厚厚的黄铜把手，看见一扇扇窗户里的阳光和我母亲房间里的窗帘，这时，我才深深地松了一口气。哦，回家！哦，平安地、被保佑着地返回家中，返回明亮，返回宁静！

我迅速地打开了门，我溜进门去，正当我准备关上我身后的门时，说时迟那时快，弗兰茨·柯洛墨也跟着挤进门来。他站在我家阴凉的、只能从院子里获得光照的瓷砖走廊上，一只手抓住我的胳膊，小声说道：“喂，你急什么呀！”

我惊恐万状地看着他。他的手死死抓住我的胳膊，坚硬如铁。我心里思忖着：他可能会干什么？以及他是否想要伤害我？我在想，假如我现在叫喊，大声地、拼命地叫喊的话，是否就会有人足够快地从对面赶过来救我？但我放弃了叫喊。

“怎么了？你想干什么？”我问道。

“不干什么，我只是还得问你点事。不需要那另外两人听见。”

“是这样啊，好吧，还要我跟你说什么呢？我得上去了，你知道的。”

“你可知道，”弗兰茨小声说道，“埃克磨坊附近的那个果园属于谁吗？”

“不，我不知道。我觉得，属于米勒。”

弗兰茨先用一只胳膊揽住我，接着又一把将我拉到他跟前，我们面对面地站得很近，以至于我不得不以最近距离去直视他的脸。只见他目光凶恶，一脸坏笑，表情里满含残暴和威力。

“是的，小子，我现在就可以告诉你那个园子属于谁。我早就知道那里的苹果被人偷走了，而且我还知道，那个男的放过话，说只要有人能够告诉他是谁偷了那些水果，他就给这个人两马克①。”

“哎呀，天哪！”我叫了起来，“可你是什么都不会跟他说的吧？”

我感到，想法子唤起他的荣誉感也是于事无补。他来自于那“另外的”世界，对他而言，出卖并非犯罪。我准确地意识到了这一点。在这类事情上，来自于那“另外的”世界的人和我们不一样。

柯洛墨大笑起来。“什么都不说？亲爱的朋友，你难道以为

① 德国曾经使用的货币单位，1 马克等于 100 芬尼。

我是伪币制造者，我能够给自己造出两马克的钢镚儿来？我是一个穷光蛋，我不像你有个富爸爸，要是我有能力挣到两个马克，我就必须去挣这两个马克。说不定他甚至会给更多呢。”

他突然一把松开了我。我们家的走廊不再散发宁静和安全的气息，我周围的世界开始崩塌。他会去举报我，我是一个罪犯，会有人把事情告诉父亲，说不定连警察都会赶来。一切混沌的惊恐威胁着我，一切的丑恶和危险都被调动起来对付我。我其实根本没有偷过东西，但这已经完全不重要了。另外我还发过誓。我的天哪，我的天哪！

我的眼泪涌了上来。我感到我必须把自己赎回来，于是我绝望地去翻我所有的口袋。没有苹果，没有小刀，口袋里什么都没有。我想起来了，我还有块表。那是一块老旧的银表，本身已经不走了，我“只是随便”戴戴而已。它原本是我祖母的。我快速地将它解了下来。

“柯洛墨，”我说道，“听着，你并不是非要去告发我不可，如果你真要那样做的话就不地道了。我准备把这块表送给你，你瞧瞧；可惜，我除此之外一无所有。你可以拥有它，它是银质的，内部机械都还完好，只有一个小毛病，需要拿去修理一下。”

他一边微笑，一边把那表拿到他的一只大手上。我看着这那手，我感到，那只手于我是那么的粗鄙，充满着深深的敌意，那只手伸向了我的生活和宁静。

“它是银质的。”我怯生生地说道。

“我对你的银子和你的这块旧表不感兴趣！”他无比轻蔑地说道。“你尽管自己去找人修理它好了！”

“可是弗兰茨！”我叫了起来，因为害怕而浑身颤抖，他要走了。

“你等一会儿啊！你把这表拿着啊！它真的是银质的，一点不假。我也实在是没有别的什么东西了。”

他冷冷地、鄙夷地看着我。

“原来你知道我要去谁那里。或者我也可以把事情去告诉警察局，我跟警官很熟的。”

他转身就走。我拉住他的袖子不让他走。事情不可以那样。如果他就这么走了，那我宁可去死，也不愿承受将要来临的一切。

“弗兰茨，”我恳求道，声音因为激动而沙哑，“你可千万别干傻事！这只是一个玩笑，对吧？”

“是的，是一个玩笑，但对你而言它可能代价高昂。”

“告诉我，弗兰茨，我该怎么做！我愿意做任何事情！”

他用一双眯缝着的眼睛打量我，又一次大笑起来。

“你可别犯傻了，”他虚情假意地说道，“你和我一样心知肚明。我可以挣到两个马克，我也不是一个富人，所以我不能眼睁睁地扔掉这两个马克，这你是知道的。可你很富有，你甚至有块表。你只需要将这两个马克给我，然后就万事大吉。”

这个逻辑我懂。可两个马克又谈何容易啊！对我而言，这和十个、和一百个、和一千个马克一样，都是无法企及的数目！我没有钱。只有一个小储蓄盒放在我母亲那儿，里面存了几枚十芬尼和五芬尼的硬币，都是上舅舅家或其他拜访时大人们给的。除此之外我什么都没有。以我现在这个年龄还得不到零花钱。

“我什么都没有，”我伤心地说道，“我根本没有钱。只要我有，我什么都愿意给你。我有一本印第安人故事书，还有些国际象棋中的卒子，还有一个指南针！我愿意把它们拿来给你。”

柯洛墨一个劲儿地蠕动着他的那张大胆而邪恶的嘴，往地上吐唾沫。

“别废话了，”他发号施令道，“那些破烂玩意儿你自己留着好了！一个指南针！你现在可别惹我生气，你听着，拿钱来！”

“可是我没有钱，我从没得到过钱。我没有办法啊！”

“那就这样吧，你明天把那两马克带给我。我放学后在市场下面等你。这事就算完。你如果不带钱来，你就试试看！”

“好的，可要我上哪儿去弄钱啊？上帝啊，如果我就是没有钱……”

“你们家里有足够的钱。这是你的事。就这样吧，明天放学后。我可告诉你：要是你不带钱来……”他凶狠地盯着我，再一次用力吐唾沫，随后便没了踪影。

我无法上楼。我的生活被摧毁了。我想到离家出走，再也不回来，或者去投河自尽，但都是些不甚清晰的想象。黑暗中我坐到我们家台阶的最低一级上，整个人缩成一团，沉湎于悲伤。在那里，是莉娜发现了哭泣的我，当时她正提着一个篮子下来取木头。

我求她什么都不要说，随后我就上楼去了。玻璃门旁的排式挂衣钩上挂着父亲的礼帽和母亲的阳伞，故乡和柔情从所有这些物件上向我迎面涌来，我的心向它们致以问候，怀着恳切和感激，就像浪子向家乡故居的景象与气味致以问候一样。可是，现在这一切不再属于我，这一切都是明亮的父亲和母亲的世界，而我已经深深地、充满罪责地没入那陌生的洪流，卷入冒险和罪恶，受到敌人威胁，危险、恐惧和耻辱等待着我。礼帽和阳伞，亲切老成的砂石地，挂在门厅柜上方的大幅图片，还有从客厅里面传来的我的姐姐们的声音，这一切比以往任何时候都更可爱、温柔、美好，然而这些不再是安慰，也不再是心安理得的财富，这些全变成了指责。这一切不再是我的，它们的明朗和宁静再也没有我的份。我脚上携带的污物任我怎样在地垫上擦蹭也无法去除，对于我背负的阴影，这个故乡世界是一无所知。不错，我之前就已经有过很多很多的秘密，很多很多的担忧，但这些同我今天带入这间屋子的东西相比都不过是儿戏和玩笑。命运尾随着我，有人已经把手伸向了我，面对这些手，即便是母亲也无法给予我保护，而且她也不可以知道有这些手的存在。至于现在我的罪行是偷窃还是撒谎（我不是以上帝和天堂的幸福为证发过一个假誓吗？）——结果都一样。我的罪恶不是具体的这一个或者那一个，我的罪恶其实就是我和魔鬼握了手。我为什么跟人一起走了？我为什么对柯洛墨比对我父亲都要俯首帖耳？我为什么撒谎说干了那件偷东西的事？为什么我会把犯罪当作英雄壮举来炫耀？现在魔鬼攥住我的手，敌人紧随我身后。

有那么一瞬间，我不再对明天感到害怕，而是首先心惊胆战地确定，我现在是越来越走下坡路，越来越走向黑暗。我清晰地察觉到，由于我的这个错我肯定会不断犯下一系列新的错，我在姐妹们那里露面、我对双亲的问候和亲吻都是欺骗，我身上载着命运和秘密，我把它们深藏在心间。

我凝视着父亲的那顶礼帽，这一瞬间，信任和希望在我心头闪现。我要把一切都告诉他，接受他的评判和他的惩罚，让他做我的知情人和拯救者。那也不过是一次忏悔而已，我之前已经多次经受住了这种忏悔，一个沉重的、苦涩的时辰，一次沉重的、充满悔恨的请求原谅。

这听上去是多么的甜蜜！这该是多么的诱人！但这却是不可能的！我知道，我是不会这样去做的。我知道，我现在有一个秘密，我必须独自承担这个罪责，必须独自咽下这枚苦果。或许我现在恰恰站在十字路口，或许我从这一刻起会永远地属于坏人行列，和恶人共秘密，受制于他们，听命于他们，不得不成为他们的同类。我之前扮演过男子汉和英雄，现在我就必须承担由此带来的后果。

我高兴的是，当我进屋时，我父亲的怒气都发在了我的一双湿鞋子上。他的注意力这样分散，就不会察觉到更加糟糕的事情，而我也得以忍受一次指责，我还会偷偷地顺带着把这次指责同那件事情联系起来。与此同时，一种新奇的感觉在我的心头忽闪，一种恶毒、尖刻的、充满怨怼的感觉：我觉得自己比父亲高明！我在长达一秒的时间里感到了某种对他一无所知的鄙视，他对那双湿鞋子的痛斥在我看来就是小题大做。“你要是知道了还了得！”我心想，同时我觉得自己像个实际犯下谋杀罪，却被人当作偷面包的小偷来审讯的罪犯。那是一种丑恶而逆反的感觉，但这种感觉十分强烈，也特别刺激，这种感觉比其他任何一种想法都要更加紧紧地把我捆绑到那个秘密和罪责上。或许，我心想，柯洛墨现在已经去了警察局，已经告发了我，暴风雨正在我的头上酝酿聚集，而这里我还在被当作一个小孩子看待。

在我目前为止所讲述的这一整段经历中，这个时刻才是那个重要和永恒的时刻。这是父亲神圣的威严第一次出现裂口，这是砍向我童年生活根本支柱的第一刀，而任何人，在他得以成为他自己之前，必然要摧毁过这些支柱。我们命运中那条内在的、本质的线路就由这些无人得见的经历构成。这样的刀伤和裂口会重新长好，会愈合，会被遗忘，但却活在最隐秘的心房里继续流血不止。

我自己马上就对这种新的感觉感到恐惧，我恨不得立马就去跪下亲吻父亲的双脚，以求得他对此的原谅。然而，本质的东西却是无法求得原谅的，在这一点上，一个孩子的感觉和任何智者一样深刻，一个孩子了解的和任何智者一样清楚。

我感到有必要对我的事情进行思考，为明天寻求解脱的途径；但我却没能做到。我整整一个晚上就只忙于一事，即让自己尽量去适应我们家客厅里已经发生变化的氛围。挂钟和桌子、《圣经》和镜子、书架和挂在墙上的画片似乎都在向我告别，我不得不怀着一颗冰冷的心目睹，我的世界，我的幸福生活，正在成为过去，正在同我剥离。我也被迫觉察到，我带着的新的、不断汲取着养分的根须，已经被固定和扣留在了外面的黑暗和陌生之处。我第一次尝到了死的滋味，死的味道很苦涩，因为死就是生，就是对可怕的新生的恐惧和忧虑。

我很高兴，我终于躺在了我的床上。之前，我还被要求参加晚祷，作为最后一次炼狱[①]，我们唱了我最喜欢的赞美诗之一。啊，我没有跟着一起唱，那个乐音令我怒火中烧。我没有跟着一起祈祷，当我的父亲发出祝福，当他以“和我们大家在一起吧”结束时，一阵抽搐猛地将我从这个圈子里扯了出去。上帝的恩宠和他们同

① 即涤罪所，指根据天主教教义，人死后升天堂前在此洗涤罪恶。

在，但却不再和我同在。带着一颗冰冷的心和深深的倦怠，我离开了。

在床上，我躺了有一小会儿后，整个人都被浓浓的温暖和安全感所包围，这时，我的心于惊恐之中又一次跌跌撞撞地返回，忐忑不安地环绕着过去的时光翩翩起舞。我的母亲像平素一样跟我道了晚安，她的脚步声还在房间里回响，她的蜡烛还在门缝里发出红光。现在，我心想，现在她还会再次转身返回——她察觉到我的想法，她给我一个吻，问我，亲切地、给人以希望地问我，然后我就可以哭泣，然后我喉咙里的石头就会熔化，然后我就会搂住她，把事情告诉她，随后事情就好办了，再然后就有救了！而当门缝已经变得一片漆黑时，我仍旧竖着耳朵听了一会儿，仍旧以为那希冀的事情肯定会发生。

之后，我又回到那些破事上来，我直视着敌人的眼睛。我可以清清楚楚地看见他，他已经眯缝起了一只眼，粗鲁地大笑着，我死死地盯住他，把这无法回避的东西强行咽下，他因此而变得更庞大、更丑恶，他恶毒的眼里闪烁着魔鬼的光。他紧贴着我，直至我睡着，但之后我没有梦见他，也没有梦见今天，相反，我梦见，我的双亲、姐妹们和我乘坐着一条小船，我们完全沉浸在假日的宁静和光辉之中。深夜里我醒来，仍旧能感觉得到那天堂般幸福的余韵，我的姐妹们身上穿着白色的夏日长裙，长裙在阳光下熠熠生辉，此情此景仍旧浮现于眼前，然而，紧接着我整个人便从天堂跌落，回到现实，重新去面对那个目光恶毒的敌人。

早上，我的母亲急急忙忙跑来喊我起床，说已经很晚了，为什么我还躺在床上，这时的我脸色看上去很不好，待她问我是不是不舒服时，我一下子呕吐起来。

如此这般，某种目的似乎达到了。我很喜欢生点小病，然后就可以整整一个早上都躺在床上喝甘菊茶[①]，竖起耳朵听母亲在隔壁房间里收拾整理，同时也竖起耳朵听莉娜如何在外面的走廊上招呼卖肉小贩。一个不用上学的上午是有那么一点令人着迷的，也是不乏些许童话意味的，灿烂的阳光跟着照进屋里，但这个阳光与我们在学校里要拉下绿色窗帘去遮挡的那个阳光不是同一个。然而，即便如此，这些在今天却让人感觉不是滋味，听起来也带有一些虚伪。

是啊，要是我死了该有多好！但我就只是有那么一点点司空见惯的不舒服而已，这可是远远不够的。这可以保护我，让我免于去上学，却绝对不可以保护我让我免于去找柯洛墨，那家伙十一点钟会在市场边上等着我。因此，母亲的和蔼可亲这一次不能给予安慰；这种和蔼可亲甚至成为一种负担并令人感到痛苦。我于是又赶紧装作睡着的样子，心里却在思前想后。什么都没有用，我必须十一点赶到市场旁。为此我在十点钟悄悄

① 一种用经干燥处理的甘菊花制成的茶，具有抑制炎症和解除痉挛的作用。

地起床，跟家里人说我又感觉好多了。家里人跟平时遇见类似情况的反应一样，说我要么就再躺回床上继续休息，不然的话，下午就得去学校上学。我说我乐意去学校上学。我已经给自己制订出了一个计划。

我不可以身无分文地去找柯洛墨的。我必须把那个小存钱罐弄到手，它是属于我的。那里面的钱不够，这我知道的，远远不够；但那终究还是一点钱哪，我有一种预感，有一点总比一点都没有要好，柯洛墨多多少少必须得到某种安抚才是。

我穿着袜子偷偷溜进母亲的房间，从她的书桌里拿出我的钱罐子，这时我的感觉非常糟糕，但又不至于糟糕到昨天那个程度。我的心怦怦乱跳，整个人都快要透不过气来，而当我下到楼梯间初检发现这罐子上了锁时，这种情况也没有得到改善。把罐子打开一点也不难，只消扯断一个细细的铁皮格栅即可；但扯的时候我的手被弄得很疼，也就是通过这一扯，我真的是干下了偷盗的行径。在此之前，我只是偷吃过东西，糖果和水果。但这一次却是偷窃，尽管那是我自己的钱。我感到，我离柯洛墨及其世界又近了一步，我这下坡路一步一步地走得是如此轻盈，于是我奋起抵抗。就让我见鬼去吧，现在已经没有回头路可走。我开始惶恐不安地数钱，在钱罐子里的时候听起来可是满满的一罐子，怎么现在放在手上就是这样少得可怜。一共才六十五芬尼。我把那罐子藏到下面的过道里，把那些钱紧紧攥在一只手里，我就这样走出我家小楼，那情景与我原来任何时候出家门都有所不同。我似乎觉得楼上有人喊我；我赶紧三步并作两步离开。

还有很多时间，我低眉顺眼地走着弯路，在一座已经面目全非的城市小巷里偷偷穿行，头上顶着从未见过的云朵，走过一栋栋向我凝视的房屋，走过一个个对我抱以怀疑的路人。半道上我想起，我的一个同学曾经在牲口市场里捡到过一个塔勒[①]。我真恨不得祈祷，祈求上帝创造奇迹，让我也能捡到这样的一个。可我再也没有祈祷的权利了。即便有，我那钱罐子终归是再也不能恢复到原来的完好状态了。

弗兰茨·柯洛墨其实老远就看见了我，但他却一点不着急，只是极其缓慢地向我这个方向挪步，好像他并未注意到我似的。待他走近我时，他给我打了一个命令的手势，要我跟在他身后，而他则自顾自连头都不回一次地继续往前走，沿着稻草胡同而下，走过木板小桥，经过最后几栋房屋，终于在一座新建筑前止步。那里现在无人做工，一堵堵墙光秃秃地立在那里，没有门，也没有窗。柯洛墨四下环顾，发现一扇门，他穿门而入，我跟随其后。他走到那带门的墙后，示意我过去，然后伸出手来。

“那东西你有了吧？”他冷冷地问道。

我从口袋里抽出一只攥得紧紧的拳头，把我的钱倾倒在他的

① 一指18世纪还在通用的德意志帝国银币；二指价值相当于三个德意志帝国马克的银币，常用在口语中。此处为第二个意思。

一只摊开的手上。最后一枚五芬尼还未安静落定呢，他就已经把钱给数了一遍。

“这是六十五芬尼。”他一边说，一边拿眼瞅我。

“是的，”我怯生生地说道，“我能有的全部都在这儿了，太少了，我心里很明白。可也就这些了。我拿不出更多的来了。”

“我真该把你想得更聪明一点才是！”他用一种近乎温和的谴责对我进行痛斥。“男子汉大丈夫就应该讲规矩。我无意从你这里拿走任何不该拿的东西，这你是知道的。把你的这些镍币再全都拿回去吧，给！别人——你知道的，谁——休想和我压价。那付钱的人。”

“可我只有这些，再也没有更多的了。那都是我的积蓄啊。”

“这是你的事。但我并不想为难你。你还欠我一马克三十五芬尼。我什么时候能够拿到它们？”

“哦，你肯定能拿到它们的，柯洛墨！我现在还不知道——也许我马上就会有更多钱，明天或者后天。请你理解一下，我不能把事情告诉我爸爸。”

“这不关我的事。我也并不想害你。我本来中午之前就可以拿到我的钱，你瞧，我很穷。你有漂亮衣服可穿，你中午吃的饭菜也比我的要好。但我也不想多费口舌。我这边愿意再等一下。后天我吹口哨叫你，下午，到时候你可要把事情办好了。你熟悉我的口哨声吗？”

他于是在我面前吹起口哨，我其实已经多次听过他吹口哨。

“嗯，”我说道，“我听得出来。”

他转身走开，好像不认识我似的。那就是我们之间的一桩生意，仅此而已。

我认为，直到今天，假如我突然重新听到的话，柯洛墨的口哨声仍旧会把我吓一大跳。而从那一刻起，我会经常听到它，我觉得，我现在还经常地听到它。没有什么地方，没有什么游戏，没有什么学习和工作，没有什么想法，是他的那种口哨声所不能传进去的，这种口哨声让我产生依附性，它现在就是我的命运。我常常在我们家的小花园里，我非常热爱它，在那些柔和的、斑斓的秋日的午后，每当这个时候，我就会在一种特别的冲动驱使下，重新拾起以前玩过的小男孩游戏；某种程度上我会扮演一个比我年龄要小一些的小男孩，一个还是乖乖的、自由的、天真无邪且备受呵护的小男孩。然而，就在我玩得正起劲儿的当口，柯洛墨的口哨声便不知会从哪里传来，剪断思路、摧毁想象，尽管总是在预料之中，却也总是惊得人魂飞魄散。然后我就不得不出去，不得不跟着折磨我的人来到那些邪恶丑陋的场所，被迫向他汇报，被迫接受他因为钱而向我发出的警告。整件事情可能持续了两三周，但我却觉得有经年之久，永无尽头。我极少时候能够弄到一点钱，一枚五芬尼或者一枚十芬尼硬币，还是乘莉娜把去市场采购用的篮子放在餐桌之机，从餐桌上偷来的。每次我都会遭到柯洛墨的责骂，被他劈头盖脸地鄙视；我就是欺骗他并意欲非法扣留他的正当权利的那个人，我就是偷他东西的那个人，我就是置他于不幸境地的那个人！极度的困窘不时爬上我的心头，这辈子我还没怎么碰见过这种情况，我从未像现在这样感到绝望，感到受制于人。

我找来赌博筹码塞满我的储蓄罐，然后又把它重新放回到原处，神不知鬼不觉，无人问及。但即便如此，这件事也随时可能被人问起，从而让我遭遇灭顶之灾。然而，同柯洛墨粗暴的口哨声相比，令我感到更为恐惧的却是我的母亲，当她悄悄向我走来——她向我走来，难道不就是为了问我那个存钱罐的事吗？

由于我多次身无分文地出现在我的魔鬼那里，他便开始采用另外的方式折磨和利用我。我不得不为他干活。他要替他父亲处理待发的货物，我便被迫替他处理这些货物。要不就是他布置些麻烦事让我去完成，单腿跳长达十分钟之久，把一张废纸贴到某个从一旁路过的行人衣服上。多少个夜晚我都在梦中延续这些痛苦，整个人都被梦魇的汗水浸透。

有一阵子我生病了。我经常呕吐，动不动就手脚冰凉，夜里躺在床上却又是大汗淋漓，浑身燥热难耐。我的母亲感到出了问题，于是便对我特别关心，但她的这种关心对我却是折磨，因为我无法对她以诚相待。

有一天晚上，在我已经上床睡下的时候，她给我拿来一小块巧克力。这有点像早年间，那个时候，只要我白天表现得好，晚上，常常是为了让我赶紧睡着，我就会得到诸如此类的给予安慰的小点心。现在她就站在床头，把这一小块巧克力递给我。我感到痛苦极了，只能摇头拒绝。她问我哪儿不舒服，她抚摩我的头发。我能冲口而出的只有："不！不！我什么都不想要！"她于是就把那块巧克力放到床头柜上，然后便走出屋去。当她第二天意欲对此进行追问时，我就做出一副对此浑然不知的样子来。有一次她给我请来大夫，大夫做完检查后给我开的药方则是早晨用凉水洗身。

我那时的状态就是一种精神错乱。我家小楼和谐安宁，置身其中的我活得胆战心惊，痛苦不堪，像个幽灵，我不参与其他人的生活，我能够忘掉自己的时间几乎没有超过一个小时。我的父亲常常生气地质疑我，我对付他的办法就是一声不吭和无动于衷。

第二章　该　隐

令我脱离苦海的拯救来自完全意料之外的方面，而伴随着这种拯救，某种新的东西注入我的生命并持续发生作用。

前不久，我们的拉丁语学校进来了一个新学生。他的母亲是一位富有的寡妇，刚刚把家搬进我们的城市，而他的一只衣服袖子上也的确绕着一圈黑纱。他上的年级比我高，人也比我要大好几岁，他很快就引起了大家的注意。这个奇怪的学生似乎比他看上去要老成得多，尽管他也是一个男孩子，但他却不会给任何人留下这样的印象。夹在我们这些幼稚的少年郎中，他的一举一动都显得陌生、老练，像个男人，甚至像个主人。他并不招人喜爱，他不和大家一起玩耍，更不参与打架斗殴，但他敢在老师面前发出自信而坚决的声音，这是他唯一让其他人喜欢的地方。他的名字叫马克斯·德米安。

有一天碰巧发生了一件事，这种事时不时地就会在我们学校发生，总之出于某些原因，这天又有一个班被安排坐进我们所在的教室，因为我们的教室很大很大。这个班正好就是德米安所在的那个班级。我们这些小的上的是《圣经》故事，他们那些大的则必须每人写出一篇作文。在老师向我们拼命灌输该隐和亚伯的故事时，我不断地向德米安所在的地方张望，他的脸特别令我着迷，我看见这张透着聪明、疏朗、坚定的脸一直在专注而俏皮地俯向工作；他看上去根本不像一个正在做作业的学生，反倒像一个探究问题的学者。他其实并不令我觉得舒服，相反，我对他有些反感，他对我而言太过优越、太过从容、太过无动于衷了，他骨子里的那股子淡定对我而言太多太过、充满挑衅。还有他的一双眼睛所流露的也都是成年人的神色——小孩子永远不会喜爱这种神色——里面含有一丝悲凉，外加嘲讽的闪电。可我就是忍不住不停地去看他，不管我是喜欢还是讨厌他；然而，当他将向我这边看上一眼时，我却又赶紧惊慌失措地抽回我的目光。那时作为学生的他到底是个什么样子？如果我是今天来思考这个问题，那我就会说：他在任何方面都跟所有人不同，他已经被打上了独特的、富有个性的印记，也因此而引人注目——与此同时，他却想尽一切办法不去引人注目，他的着装和言谈举止就好比一个王子，经过一番乔装改扮之后跑到农村和二流子们打成一片，为让自己看上去跟他们一样而不遗余力。

放学回家的路上，他走在我的后面。待其他人都作鸟兽散后，他跑上前来跟我打招呼。即便是这声招呼，尽管他用心模仿我们这些在校小男生的声音，听起来也是极为成熟，极其客气。

“我们再一起走一段？”他友好地问道。我感觉很受用，点头同意。随后我仔细地跟他描述我家的方位。

“啊，在那里，”他微笑着说道，“那栋楼我还蛮熟悉的。对了，你们家大门上方安装了一件东西，很奇特，立马就引起了我的兴趣。”

我一开始根本没有弄明白他指的是什么，我很吃惊，他好像比我还要熟悉我的家。我家大门拱顶上方确实有个冠石，具有某种徽章的功用，日子久了，上过一点薄漆，也会经常地涂点颜色，不过这东西，据我所知，其实和我们以及我们家没有任何关系。

“这个我一点也不清楚，”我怯生生地说道，“那是只鸟或者类似于鸟的东西，肯定很古老了。这栋房子据说以前曾经一度属于修道院。”

“这很可能，”他点头道，“你有时间再把它好好看看！这样的物件常常十分有趣。我认为那是一只雀鹰①。”

我们继续走路，我变得十分拘谨。突然德米安笑出声来，好像他想起什么好玩的事情来。

“对了，我刚才在教室里也跟着听了你们的课。”他兴奋地说道。“该隐的故事，就是那个额头上立有标记的该隐，对不对？

---

① 通称鹞子或鹞鹰，一种比鹰小的猛禽，羽毛灰褐色，腹部白色，脚黄色，捕食小鸟；又因雌性雀鹰体格上明显大于雄性雀鹰，所以也常常以此来象征女性的主导地位。此外，在古埃及雀鹰也是太阳的一个象征。

你喜欢这个故事吗？”

不，任何东西，只要属于逼迫我们去学习之列，就基本上不能令我喜欢。但我却不敢把我的这种想法说出来，那情形就仿佛是一个成年人在和我谈话。我于是告诉他说，我很喜欢这个故事。

德米安拍了拍我的肩膀。

“朋友，你大可不必在我面前遮遮掩掩。但这个故事的确比较奇怪，我认为，它比绝大多数在课堂上出现的其他故事要奇怪得多。老师们对此的讲解也不是很多，都只是些关于上帝和罪孽之类的老生常谈。但我认为……”他打断自己的话，转而微笑着问我，“这些你可有兴趣听？”

“好的，也就是说我认为，”他继续开讲，“对于这个该隐的故事我们也可以做出完全不同的理解。我们受到教诲的绝大多数事情肯定完全真实和正确，但所有这些事情也是可以用不同于老师们的眼光去看待的，那样的话，它们往往会具有更好的、好得多的意义。比如对这个该隐，以及对他额头上的标记，按照现在灌输给我们的解释，就不可能十分令人满意。你难道不是这样觉得的吗？一个人在争吵中打死他的兄弟，这种事情当然可能发生，而他事后感到害怕并认软服输，这也是可能的。但他因为他的胆怯而被特地授予一枚奖章，以此来得到褒奖，这枚奖章保护他而令其他所有人胆寒，这却是相当的奇怪。”

“当然，”我兴味盎然地说道，这件事情开始吸引我，“但又该如何另行解释这个故事呢？”

他拍了拍我的肩膀。

“很简单！这个已经存在的东西，这个故事赖以发端的东西，就是那个标记。有那么个人，他的脸上有点东西，这点东西能让别人感到害怕。他们不敢碰他，他给他们留下深刻印象，他和他的孩子们。然而，那也许，或者说肯定真的不是额头上的一个标记，跟个邮戳差不多的一个标记，现实生活中如此简单粗暴的做法基本上行不通。那其实更多的是某种几乎不可能被感知的阴森恐怖，眼神里有着更多一点的妖气与放肆，比人们所能习惯的更多一点。这个男人拥有权力，人们都害怕他。他拥有一个标记。人们可以对此随意进行解释。而且人们始终企望得到的是让他们感到舒服和合适的东西。人们害怕该隐的孩子，他们都拥有一个标记。也就是说，人们并没有把这个标记解释为其本来的样子，即把它解释为一种褒奖，而是把它解释为它的反面。人们说，带有这个标记的家伙个个阴森可怖，他们也的确如此。有勇气、有个性的人对其他人而言总是十分的阴森可怖。一个地方如果有无所畏惧、阴森可怖一族人出没，就会十分的棘手，于是人们就会把一个超级名号和一个虚构出来的故事强加给这族人，以对其进行报复，以稍稍使自己能够在经历了所有的恐惧之后还能不受伤害地全身而退。你能明白吗？”

“嗯，这也就是说——那样的话，该隐也就根本不是什么恶人了？而《圣经》里的这整个故事原来也根本就不是真的啊？”

“是又不是。古老的故事总归是真实的，但它们又并非总是按照其真实的面目被记录下来，也不总是按照原本该有的正确方式得到诠释。简言之，我认为该隐是一个呱呱叫的家伙，仅仅只是因为人们害怕他，人们就把这个故事强加于他。这个故事其实就是一个谣言，就是那些人四下里乱嚼的舌头。当然，就该隐和他的孩子们身上带有的一种标记而言，就他们与绝大多数人相异而言，这个故事又完全是真实的。”

我感到万分惊异。

“那你难道认为打死人这件事也根本不是真的了？”我激动地问道。

“哦，不！这件事肯定是真实的。这个强者打死了一个弱者。至于打死的人是不是真是他兄弟，这是可以怀疑的，这并不重要。归根到底，四海之内皆兄弟嘛。总之，一个强者打死了一个弱者。这也许是他的英雄壮举，也许不是。不管怎样，其他的弱者现在可都是人人自危、心惊胆战，他们怨气冲天、怨声载道，如果有人问他们说：‘你们为什么不干脆也把他给打死咯？’那么他们不会回答说：‘因为我们是胆小鬼。’相反，他们会这样回答说：‘我们不能。他有一个标记。这是上帝给他立的。’如此这般，这个骗局肯定就是这样出笼的——好了，我不耽误你的时间了。那就再见吧！”

他拐进阿尔特巷，留下我一个人站在那里大惊小怪，我从未像现在这样吃惊过。他刚一离开，我就觉得他刚才所说的一切令人难以置信！该隐是一个高尚的人，亚伯是一个胆小鬼！该隐的标记是一种褒奖！这真荒唐，这是对上帝的亵渎，这是丧尽天良！倘若如此，亲爱的上帝又在哪里？难道上帝没有接受亚伯的祭品，难道上帝不喜欢亚伯吗——不，一派胡言！我估计，德米安其实是想取笑我，引诱我上当受骗。他的确是个聪明透顶的家伙，他可真能说，可像刚才那样能说会道，可千万别……

不管怎样，我还从来没有在任何一个《圣经》或者别的什么故事上花过如此多的工夫进行思考。这也是我这么久以来头一次把弗兰茨·柯洛墨完完全全地忘在脑后，长达数小时之久，甚至长达整整一个晚上。我在家里又把写在《圣经》里的这个故事仔细通读了一遍，故事很短也很清晰，如果想要在这里寻找一个特别的、秘密的诠释，那简直就是不可能的！那样的话，每个杀人犯都可以宣称自己是上帝的宠儿！不，那是胡说八道！只是德米安讲述这些事情时所用的那种自如的方式很可爱，那样轻松，那样令人愉快，仿佛一切都是理所当然，外加他的一双慧眼！

我自身当然也是有点问题的，甚至可以说很成问题。我曾经生活在一个明亮与洁净的世界，我自己就曾经是亚伯一类的人，可现在呢，我却沦为“另类”，深陷其中，我是如此的堕落，如此的道德败坏，可我从根本上讲对此又没有太多办法！那么现在事情又会怎样呢？是的，现在有一个回忆在我的脑海中闪现，令我瞬间感到窒息。那是一个恶劣的晚上，那时我现在的困境已经开始，当时是和我父亲在一起。当时，有那么一眨眼的工夫，对于他和他那明亮的世界与智慧，我突然感到一种彻底的洞穿和极度的鄙视！是的，当时的我，作为该隐的我，身上带有那个标记的我，从主观上就有这种想法了，即这个标记不是耻辱，它是一种褒奖，我因为我的恶毒和我的不幸而高于我的父亲，高于那些良民和善男信女。

我那时对这件事情的体验，还不像现在这样思路清晰，但所有这些都已包含其中，那只是一种突然的激情燃烧，奇特的情感爆发，尽管令人痛苦，但却令我充满自豪。

每当我静下心来思考——德米安关于胆大包天和胆小如鼠的说法是多么的独特！他对该隐额头上标记的诠释是多么的不同寻常！与此同时，他的眼睛，他那奇特的成年人的眼睛，闪烁出神奇的光芒！一个模糊的念头在我的脑海里闪现：这个德米安，他本身不就是另一个该隐吗？如果他没有感到自己和他是同类的话，他为什么要捍卫他？他的眼神里为什么饱含这种威力？他为什么对那些“另类”，对那些胆小如鼠之徒，极尽嘲讽之能事？要知道，这些人其实都是称上帝心、如上帝意的善男信女啊！

我思绪万千，理不出一个头绪。一块石头落到了井里，这口井就是我那幼小的灵魂。在很长一段时间里，有关该隐、他杀人以及他的标记这件事，就是我认识、怀疑和批判的一切尝试的起点。

我发现，其他的学生也会花很多时间琢磨德米安。起因于该隐的这件事我对谁都没说过，但他似乎也引起其他人的兴趣。至少流传着很多关于这个“新来的人”的谣言。要是我能够知道所有这些谣言该多好啊，那样的话，每一个谣言都会让你对他的了解更进一步，每一个谣言也就能够得到解读了。我现在还记得比较清楚的是，最初的谣言说的是德米安的母亲非常富有。也有人说，她不去教堂，她的儿子也不去。还有人声称自己知道他们是犹太人，但他们也有可能是隐密的伊斯兰教徒。此外，还有很多关于德米安会武术的谣言。可以肯定的一点是，他们班上最强壮的一个家伙主动跟他约架，被他拒绝后就说他是胆小鬼，他于是把这家伙狠狠地修理了一番，让其颜面扫地。那些当时在现场的人都说，德米安仅单手抓住他的脖颈子用力按压了一下，那男孩立马就脸色惨白，事后他灰溜溜地走开，他的胳膊有好几天都抬不起来。又有一次，甚至整整一晚上都在传他死了。所有的传言都流行一时，所有的传言都有人相信，所有的传言都激动人心、活灵活现。然后大家觉得说够了，就会停一阵子。但过不了多久，新的谣言便会重新开始在我们这些学生中间出现，大家又都在传，说德米安和女孩子交往很有一手，“什么都懂”。

与此同时，我和弗兰茨·柯洛墨的事情继续按照其必然的路径发展。我无法摆脱他，因为即使他好几天不来找我，我仍然是和他绑在一起脱身不得。在我的梦中，他就像我的影子一样寸步不离，而他在现实生活中没有对我干出的坏事，我的想象力都让他在这些梦中干了，在这些梦里，我彻彻底底沦为他的奴隶。我活在这些梦中——我特别爱做梦——胜过生活在现实里，我的力量和生气都被这些黑影夺去了。此外，我还常常梦见柯洛墨虐待我，梦见他向我吐唾沫、跪在我的身上。还有，更为糟糕的是，我梦见他引诱我去犯下严重罪行——更多时候其实并不是引诱，而是大发淫威地逼迫。这些梦里最可怕的一个甚至包含对我父亲的一次谋杀性袭击[①]，当我被这个噩梦惊醒时，整个人都快疯掉了。在这个梦里，柯洛墨先是磨着一把刀，然后把磨好的刀递到我手上，我们站在马路边的一棵大树后面，伺机伏击某个人，我不知道是谁。可是，当某个人走过来，柯洛墨一拍我的胳膊说，这就是我必须捅死的人，这时我才发现，这个人是我的父亲，于是我便醒了过来。

由于这些事情，我虽然还会去想该隐和亚伯，但不会再去想

---

① 此处指的是心理分析学说中的俄狄浦斯情结，又称恋母情结，即每个男孩会无意识地渴慕自己的母亲，从而很想去杀死与其争夺母亲宠爱的父亲。从文学史上来讲，这一主题最早源自古希腊作家索福克勒斯创作的悲剧《俄狄浦斯王》。

德米安了。当他再度重新靠近我时，奇怪得很，也是在一个梦中。事情是这样的，我又梦见自己遭到虐待和强奸，但这一次跪在我身上的人不是柯洛墨，而是德米安。可是——这是从来没有过的事，所以给我留下的印象极深——在柯洛墨那里，我都是痛苦、勉强地忍受一切，而在德米安这里，我却是心甘情愿地忍受一切，甚至还怀着一种狂喜与惊恐参半的感觉去忍受。这样的梦我做过两次，之后便又是柯洛墨代替了他的位置。

什么是我在这些梦中所经历的，什么是我在现实中所经历的，这个我早就不再能够精确地区分开来了。不管怎样，我和柯洛墨的关系在不可遏制地恶化下去，而且这种恶劣的关系，在我靠着各种小偷小摸终于把欠他的那笔钱还清之后，也绝对没有终结的意思。是的，他现在知道了这些小偷小摸，因为他总是问我钱从哪里而来，同以前相比，我现在更是他的囊中之物了。他动不动就威胁，要把所有事情都告诉给我父亲，如此一来，我的恐惧反倒快要比不上我的遗憾了，我为自己一开始没有这样去做而感到遗憾。然而，即便我再伤心，我也不会对所有的事情都感到后悔，至少不会总是那样，有时我甚至还会觉得，一切注定如此，不可避免。我是厄运当头，想要冲破它，只会徒劳无益。

我的这种状态可能也没让我父母少遭罪。一个陌生的妖精袭击了我，我不再适合我们的大家庭，而这个集体曾经是那样的亲密无间，对于这个集体的无比强烈的思念常常会涌上我的心头，一如思念失乐园[1]那般。尤其是我的母亲，更多的是把我当作一个病人而非一个坏蛋来对待，但实际情况如何，我最好去看看我两个姐妹的言谈举止,便可知晓。尽管她们的言行十分体贴周到，但却依然令我感到万分悲伤，因为她们的言谈举止清晰地表明，我就是那种中了邪的人，对于那种人，与其去责骂，不如去悲怜，因为他正好处在那种已经被邪恶拿下的状态。我感到家人在为我祈祷，但与平时不同，我还感到了这种祈祷的徒劳无益。我常常火烧火燎地感到一种对减负的渴望，对正确的忏悔的渴求，但我也同时预感到，无论是我的父亲还是我的母亲，我都将不可能向他们之中的任何一个人恰当地言说和正确地解释所有这一切。我知道，他们会友好地接受这一切，会十二万分地体恤我，甚而表示同情，但却不会完全理解，总之，这整件原本是命中注定的事情，却将会被他们视作是一种脱轨。

我现在知道，有些人将不会相信，一个还不满十一岁的小孩竟然能够怀有如此的感受。我是不会向这些人去讲述我的事情的。我只会向那些对人具有更多了解的人讲述我的事。学习过将情感的一部分化作思想的成年人，会发现儿童时期的这些想法丢失了，因而就认为这些经历亦不复存在。但在我后来的一生中，跟那时一样深刻的体验，跟那时一样深重的痛苦，却

① 根据《圣经·创世记》中的内容，亚当和夏娃在偷食了智慧树上的禁果之后丧失其纯洁无瑕，被驱逐出伊甸园。

是极少再有了。

有那么一次，是个下雨天，我被折磨我的人约到了城堡广场，我站在广场上等啊等，双脚在湿漉漉的栗子树树叶里乱蹭，头上同时还不断有叶子从一颗颗黑乎乎的栗子树上滴滴答答落下来。我没有钱，但我把之前省下的两块点心带了过来，以便见到柯洛墨时至少能够有点东西可给。像这样站在某个角落里等他，常常要等很长时间，我早就习惯了，我接受这个事实，就像人要接受无法改变的命运一样。

柯洛墨终于来了。他今天没有逗留多久。他冲着我的肋骨捅了几下，大笑着从我手里拿走点心，他甚至还递给我一支潮湿的香烟，但我没有要，总之他的态度比平时好点。

“对了，”他在离开时说道，“我差点忘了——你下次最好也能够把你的姐妹一起带来。她们叫什么名字来着？”

我有点丈二和尚摸不着头脑，所以也没有作答。我只是诧异地看着他。

“你没听懂吗？你应该把你的姐妹一起带来。”

“听明白了，柯洛墨，但这是不行的。我不可以这样做，即使做了，她们也不会一起来。”

我估摸着，这不过又是他的一次刁难和一个借口而已。他经常这样做，提出一些不大可能实现的无理要求，让我陷入恐慌，对我进行羞辱，然后再一步一步地让你跟他讨价还价。再然后我就不得不用点钱或者别的礼物把自己赎回。

这一次他完全不同以往。他对我的拒绝几乎没有生气。

“那好吧，”他草草地说道，“你会考虑这件事情的。我想和你的姐妹熟络起来。总有一天会行的。你就干脆带上她们散步去，我随后加入进来。我明天吹口哨叫你，到时候我们再来说说这事。”

待他走后，对他刚才所提要求的某种用意，我才突然地明白过来。我还完全是个小孩，但有关的传言我也听过一点，说是年纪大些的男孩和女孩可能会在一起干些秘密的、下流的、大人不让干的事情。那他刚才也就是要我——我醍醐灌顶，一下子全清楚了，这真是岂有此理！我不假思索地下定决心：永远不做这种事情，我的决定板上钉钉。不过，如此一来会发生什么事情，柯洛墨又会怎样报复我，我几乎不敢去想。对我而言，一种新的折磨开始了，而且，这还仅仅只是一个开始，往后还不知会怎么样呢。

我绝望地走过空空荡荡的广场，两手插在兜里。新的痛苦，新的奴役！

正在这时，我听见有个人在喊我，这个声音鲜活而深沉。我吓了一跳，拔腿就跑。有个人在我身后追我，有只手柔和地从后面抓住我，是马克斯·德米安。

我束手就擒。

“怎么是你？”我不安地说道。“你刚才可把我给吓坏了！”

他看着我，他此时的眼神比任何时候都稳重成熟、优越从容又明察秋毫。我们已经有好长时间没有在一起说过话了。

“对不起，”他以礼貌但又确定的方式说道，“不过你听着，你可犯不着让自己被别人吓坏。”

“话虽这么说，但事情还是有可能发生的。”

“看似如此。但是你瞧：如果一个人什么事都没对你做，你却在他面前吓一跳，那么这个人就会开始动心思了。他会觉得很吃惊，他会感到很好奇。这个人就会在心里想，你这样战战兢兢的很奇怪，他还会继续想：一个人只有感到害怕时才会这样。胆小鬼才会总是感到害怕；但我认为，你其实并不是一个胆小鬼。我说的没错吧？哦，当然了，你也不是一个英雄。会有一些事情让你感到恐惧；也会有一些人让你感到恐惧。但这样的情况最好永远不要有，不，永远不要去害怕人。你是不怕我的吧？或者怕？”

“哦，不怕，一点也不怕。”

“就是嘛，你瞧。但是不是有些人让你感到害怕了呢？”

“我不知道……别管我，你想对我干什么？”

他保持和我同步的节奏——我加快了步伐，一心想着赶紧逃走——但我感到他的目光从一旁向我射来。

“你要相信，”他又开了腔，“我对你没有恶意。反正你没有必要怕我。我很想和你做个试验，这个试验挺好玩的，你也可以从中学到一点很有用的东西。你注意了！——我有时会尝试一种戏法，人们称之为‘读思想’。这不是巫术，但如果你不知道它的具体操作过程，你就会觉得它非常奇怪。它可以叫人大吃一惊。——那么，我们现在就来尝试一下吧。这么说吧，我喜欢你，或者我对你感兴趣，所以就想弄明白你心里实际是什么想法。为此我已经走出了第一步。我已经把你给吓到了——也就是说你很容易受到惊吓。或者说，有些事和人会让你感到恐惧。这是什么原因造成的呢？我们其实是用不着害怕任何人的。如果你害怕某个人，那么这其中的原因就是，你把支配自身的权力拱手让与了某个人。比如你做了某件坏事，被另外一个人知道了——然后他就拥有了支配你的权力。你明白了吗？明摆着的，不是吗？”

我无助地看着他的脸，这张脸跟往常一样严肃而聪慧，同时也充满了善意，但却没有一丝柔情，甚而可以说是严厉。正义或者是某种类似的东西蕴含其间。我不知道我身上会发生什么事情；他站在我面前，俨然一个魔法师。

“你弄懂了吗？”他再次问道。

我点头。我说不出一个字来。

“我前头跟你说过了，这个读思想，它看上去会有点滑稽可笑，但它会进行得非常自然。比如我其实是可以比较详细地告诉你，在我上次给你讲该隐和亚伯的故事时你对我所怀有过的想法。但现在就算了，这个不应该放到这里来讲。还有一件事情，即你已经在梦中梦见过我了，我也认为这是可能的。但这个我们暂时先放下不去管它！你是一个聪明伶俐的男孩子，要知道绝大多数男孩子都是很笨的！如果是一个又聪明伶俐、又让我信得过的男孩子,那我有时候就会喜欢去和他说说话儿。这你应该不反对吧？”

“哦，是的。我只是弄不明白——”

“我们还是继续做这个风趣的试验吧！总之我们已经发现：这个姓辛[①]的男孩惶惶不可终日——他害怕某个人——他很可能和那另一个人一起拥有一个秘密,这让他的日子很不好过。——情况大概就是这样，没错吧？”

我被他的声音征服，甘愿接受他的影响，整个人如同做梦一般。我只顾着一个劲儿的点头。这个声音所发出的可不就是我内心深处最想说的肺腑之言吗？难道它什么都知道？难道它什么都知道得比我自己还要多、还要清楚？德米安使劲拍我的肩膀。

“也就是说情况就是这样的了。这我之前也想到了。现在就再问最后一个问题：刚才从你这儿走开的那个男孩，你知道他叫什么名字吗？”

我大惊失色，我那被触动的秘密开始在我的内心深处痛苦地缩成一团，我的这些秘密，它们不愿意见光。

---

① 此处原文为 S.，是小说主人公“我”的德语姓氏原文 Sinclair（中文音译为“辛克莱”）的首字母缩写。

“什么样的一个男孩啊？我这儿刚才没有什么男孩，只有我自己。”

他笑出声来。“你只管说了吧！他叫什么名字？”

我悄声问道：“你是指弗兰茨·柯洛墨？”

他心满意足地冲我点头。

“好极了！你是一个聪明伶俐的家伙，我们还会成为朋友的。但我现在必须要跟你说点事儿：这个柯洛墨，不管他叫什么名字，都是一个坏家伙。我一看他那张脸就知道，他是一个流氓无赖！你是什么看法？”

“哦，是的，”我长叹一口气，“他很坏，他是一个撒旦！但不可以让他知道一点风声！看在上帝的分上，不可以让他知道一点风声！你认识他吗？他认识你吗？”

“你只管放心！他不在这里，他并不认识我——还不认识。但我也不想和他认识。他在上公立学校？”

“是的。”

“上几年级？”

“上五年级。你可千万别跟他说！求你，求你千万别跟他说！”

“你放心，你一点事儿都不会有。你是不是也没有兴趣跟我再多讲一点点这个柯洛墨的事情？”

“我不能！不，你别管我！”

他沉默了一小会儿。

“很遗憾，”然后他说道，“我们本来还可以继续往下做试验的。但我不愿意你因此而感到痛苦。其实你知道，怕他是不对的，是不是？这样的一种恐惧会把我们彻底击垮，所以我们必须摆脱它。如果你想成为一个堂堂正正的人的话，你就必须摆脱它。你明白吗？”

“当然，你说得完全正确……但是不行啊。你是不知道……”

“你也看见了，我还是知道些事情的，我所知道的比你想的还要更多一些——比如你是不是欠他钱了？”

“是，也有这事，但这并不是最主要的事。那事我不能说，我不能！”

“如果我把你欠他的钱悉数给你，难道也一点帮不上你吗——我真的可以毫不费力地给你这笔钱。”

“不，不，不是这个事。我求你了，别跟任何人说起！一个字也别说！你让我感到痛苦！”

“你要相信我，辛克莱。你们的秘密你以后会找个时间告诉我的——”

“永远不会，永远不会！”我开始大喊大叫起来。

“你愿意怎样，完全随你自己！我只是说，或许你以后会找个时间告诉我更多的情况。当然了，只是出于自愿啊！你不是以为我会像那个柯洛墨一样行事吧？”

“哦，不是的——可你的确对此一无所知啊！”

“是一无所知。我只是在对此进行思考。而且我永远不会像那个柯洛墨一样行事,这一点你要相信我。你也不欠我任何东西。”

有很长一段时间，我们沉默不语，我的情绪开始变得平静了些。但德米安的知情却在我眼里变得越来越扑朔迷离。

“我现在回家了。”他一边说，一边在雨中把他的粗呢防雨外套拉紧。“只有一点我还想跟你再说一遍，既然我们已经走到这一步——你最好摆脱这个家伙！如果没有别的选择，那就打死他！假如你这样去做，就会令我佩服，令我喜欢。那样的话，我也会帮助你。”

我重新感到害怕。我突然再次想起该隐的故事。我觉得阴森恐怖，我开始轻声抽泣。我被太多的阴森恐怖压得透不过气来。

“好了，没事的，”德米安在一旁微笑着说道，“你只管放心回家！这事我们总会有办法搞定的，尽管打死他可能是最简单的一种办法。对付此类事情，最简单的始终就是最好的。你跟着你的朋友柯洛墨，那可就是羊入虎口，不会有好下场。”

我往家里走去，觉得离开家似乎有一年之久。一切都改变了模样。某种好似未来的东西，某种好似希望的东西，横亘在了我和柯洛墨之间。我不再是孤身一人！直到现在我才发现，在这数周里，在这些守着秘密的漫长日子里，我是多么的孤苦伶仃。于是我马上又想起我曾经翻来覆去想过的一件事情：向我的父母做一次忏悔虽然将会令我感到轻松，但却不会令我完全得到解脱。

现在我几乎是在向另外一个人，一个陌生的人，进行了忏悔，因而解脱的预感宛如一股浓郁的芬芳向我迎面扑来！

不管怎样，我的恐惧在很长时间里仍然没有完全克服，而且我还准备着和我的敌人展开长期的殊死搏斗。因此，当一切都进行得如此悄无声息、如此绝密和风平浪静时，我就更觉得奇怪了。

一天、两天、三天，一周之久，本该在我家门外响起的口哨声再也没有响起。对此，我根本不敢去相信，反而在心里暗自提防，生怕他又会在你完全没有预料到的时候冒出来。但他没有出现，而且一直没有出现！这全新的自由着实令人狐疑，我始终不敢相信这是真的。直到有一天我在路上遇见柯洛墨。他沿着赛乐尔巷子一路下来，正好与我相向而行。当他看见我时，他吃了一惊，一张脸扭曲变形、粗野丑陋，整个人赶紧掉头转身，要避免和我撞个正着。

对我而言这可真是罕见的时刻，太阳从西边出来了！我的敌人在我的面前落荒而逃！我的撒旦竟然害怕我！我的心里充满了快乐和诧异！

在这几天里，德米安又出现过一次。他在学校门口等我。

“上帝问候你。[①]”我说道。

“早上好，辛克莱。我只想听你说说你过得怎么样。那个柯洛墨现在没来找你麻烦了，是不是？”

“这是你干的吗？可是你为什么要这么做？为什么要这么做？我完全弄不明白。他再也没有出现过了。”

“这就好。他要是再来的话——我想，他不会了，但他的确是个放肆的家伙——那你只管告诉他，要他好好记住德米安是谁。”

“可这中间又有什么关系呀？难道你开始跟他动手了，你揍扁他了？”

“没有，我可不喜欢这样干。我只是和他谈过话，就跟我和你谈话那样，通过谈话我让他明白，他如果不来找你麻烦，那就是对他自己好。”

“哦，你不是给他钱了吧？”

“没有，我的小老弟。这个途径你其实已经试过了。”

不管我如何想尽办法刨根问底，人家就是三步并作两步地一溜烟走了，留下我一个人站在那里五味杂陈，我对他怀有一种惴惴不安的感情，这种感情奇怪得很，既混合着感激与胆怯、崇拜与畏惧，同时又不乏好感与内心的抗拒。

---

① 德语原文为 Grüß Gott，地方性的问候语，如在德国南部和奥地利比较常见。此处为直译，意译的话则相当于中文的“你好”。

我打算马上和他再见一次，到时我要和他好好地细谈所有的这一切，还有该隐的事。

但我未能如愿以偿。

感恩根本不是什么我所相信的美德，在我看来，向一个孩子要求美德是错误的。因此，我对自己在德米安面前所表现出来的那种彻底的忘恩负义并不感到奇怪。我今天确信，假如不是他当年把我从柯洛墨的魔爪中解放出来，我恐怕就会要生一辈子的病，堕落一辈子了。我当时也已经感觉到，这种解放就是我那幼小生命中最伟大的体验——但制造了这个奇迹的解放者本人却在事成之后被我冷冷地晾在了一边。

如前所述，忘恩负义并不令我觉得奇怪。唯一令我觉得奇怪的是我所表现出来的那种对于好奇心的缺失。整整一天，我都平心静气地继续过着我的日子，而无意去对德米安的那些秘密展开进一步的了解，我是怎么做到这一点的呢？我是多想听到更多关于该隐、关于柯洛墨、关于读思想的东西啊，那我又是如何克制住自己的这个欲望的呢？

事情近乎不可思议，但事实就是如此。我突然发现自己从恶魔布下的重重大网中挣脱出来，我重新看到世界明亮、喜悦地伫立在我的面前，我不用再遭受一阵又一阵恐惧的侵袭，我的心不再怦怦乱跳，感到窒息。禁令被冲破，我不再是一个备受折磨的被上帝罚入地狱的恶棍，我又是一个跟平时一样蹦蹦跳跳上学去的小男生了。我的天性尝试着尽可能快地恢复到平衡和平静的状态，为此，它首先致力于把那诸多的丑陋和具威胁性的东西从自身移除，将其忘却。那整个的关于我的罪责和恐惧的漫长故事飞速地从我的记忆中消失，似乎没有留下一丝一毫的疤痕和印记。

至于我当时尝试着以同样快的速度忘记帮助我的人，忘记我的救星，对此我今天也会表示理解。带着我那受伤的灵魂仅存的本能和力量，我从被上帝罚入地狱的痛苦深渊中，从柯洛墨的恐怖奴役中逃了出来，逃回我曾经的幸福与满足之乡，逃回那重新敞开大门的乐园，逃回那明亮的父母亲的世界，逃回到姐妹们身边，逃回到纯洁的芬芳，逃回到亚伯式的令上帝称心如意的状态。

早在我和德米安进行短暂交谈之后的第二天，也就是当我终于完全确信我是真的重新获得自由并不再害怕会有任何反复之后，我就去做了那件我曾经无数次特别想做却没有做成的事情——我开始忏悔。我去找我的母亲，我把那个外锁已经毁坏且塞满赌博筹码而非钱币的小储蓄罐拿给她看，我还告诉她，我因为自身的过失而使自己在很长时间里被一个恶棍所束缚。她并未完全回过神来，但她看看那个钱罐子，看看我彻底变样的眼神，听听我彻底变样的声音，她便能够感觉到，我的病痊愈了，我又回到了她的怀抱。

于是乎，我开始情绪高涨地庆祝我重新被接纳，浪子回头金不换啊。母亲带我去见父亲，事情又被重复讲述一遍，提问和惊呼迫不及待地一个接着一个冒出，双亲抚摸我的头，压抑已久的他们长长地舒了一口气。一切都是那样壮丽，一切都宛如讲故事一般，一切都化为神奇美好的和谐。

我现在带着真正的激情逃进这种和谐。我重新拥有我的宁静，重新赢得父母的信任，我对此感到无比满足，我变成家人喜欢的好孩子，我和我的姐妹们玩耍的次数比以往任何时候都要多，我在做祷告时和大家一起高唱那些可爱的老歌，感觉自己就是那个得到拯救、皈依上帝之人。这是发自内的歌唱，不含一丝欺骗与谎言。

尽管如此，情况仍然不正常。而这里正好就有那个关键点，唯有通过这个关键点才能够真正解释我对德米安健忘的原因。我其实应该向他忏悔才是啊！这种忏悔可能会少了一些修饰和激动人心，但结果对我而言却会更加富有成效。现在，我带着我的所有根须紧紧抓住我那从前的、天堂般的世界不放，我回到家中，我备受宠爱。但德米安绝对不属于这个世界，也不适合这个世界。他也是，尽管他和柯洛墨不同，但也正因为如此——他也是一个引诱者，他也把我和另一个，那个恶的、坏的世界联系在一起，而我从现在起再也不想，永远也不想和这个世界有半点关系。我现在不能也不愿意帮人出卖亚伯，美化该隐，因为现在，在这个时刻，我自己又已经变成了一个亚伯。

外在的关联就是这样。内在的关联则是下面这一点：我是被人从柯洛墨及魔鬼的手上解救出来的，而不是通过自身的力量和努力。我尝试过在尘世的数条小路上徜徉，这些小路对我而言的确太过湿滑。那好吧，既然有一只友好的手伸出来挽救了我，那我就一心一意、目不斜视地往回跑，跑进母亲的怀抱，跑进一个关怀备至的、虔诚的、儿童般纯真的保险箱。我让自己变得比我的本来面目更幼小、更不独立、更天真。我必须用一种新的依赖性来取代我对柯洛墨的依赖，因为我没有能力独自前行。于是，我怀着一颗茫然的心，选择了依赖父亲和母亲，依赖那个旧的、可爱的“光明的世界”，尽管我早已知道，它并非唯一的世界。假如我不这样做的话，那么我就肯定会去向德米安求助，我就肯定会向他吐露真情。而我其实并没有这样做，之所以如此，是因为我当时觉得有理由对他那令人诧异的思想表示怀疑；实际上不是别的，就是害怕。因为同我的双亲相比，德米安恐怕会要求我更多，多得多，他恐怕会尝试用激励和警告，用嘲笑和讽刺，让我变得更加独立自主起来。啊，这一点我今天才明白：这世上最令一个人讨厌的事情不是别的，就是让这个人去走一条能够引导他走向自我的道路！

即便如此，大约在半年之后，我还是没能抵挡住诱惑，在一次散步途中，我向我的父亲提问，问他应该如何看待有些人宣称该隐比亚伯要好这件事情。

他非常惊讶，跟我解释说，这是一种缺乏新意的观点。这个观点甚至早在原始基督教时期就已经出现了，并且也在一些分裂出来的教派中进行过传授，这些教派中就有一个自称是“该隐派”。当然，这个疯狂的教义无非就是魔鬼妄图摧毁我们的信仰。因为，如果人们相信了该隐的正义和亚伯的不义，那么就会出现下面这样的结果，即上帝自己弄错了，也就是说，《圣经》里的上帝并不是那个正确的、唯一的上帝，而是一个错误的上帝。这些该隐派们还真是教授或传布过类似的说法：不过，这种异端邪说已经在人间消失很长时间了啊，而我的一个同学居然能够对此有所耳闻，我的父亲说他因此而感到惊讶不已。不管怎样，他最后严肃地警告我可不要有这些想法。

第三章　强　盗

诚然，关于我的童年，关于父亲母亲对我的呵护，关于子女对父母的爱以及在温和、亲切、明亮的环境中心满意足地用嬉戏打发时光，确实不乏美好的、温情脉脉的、令人欢喜的事情可以讲述。但是，我却只对那些我为了达到自我而在我的生活中迈出的步伐感兴趣。所有这些漂亮的间歇、幸福的港湾和天堂，它们的魔力我虽然并不感到陌生，但我还是要让它们停留在那遥远的光辉之中，因为我不想把脚再踏进去第二次了。

故而，只要我还停留在小男孩时光，我要说的就只会是我所遇到的驱使我向前、将我连根拔起的新事物。

这些推动始终来自于“另一个世界”，它们同时产生恐惧、强制和问心有愧，它们始终具有革命性，它们还威胁到我的宁静，我是多么希望永驻其间啊。

接下来的岁月里，我不得不认清，在我自己身上活跃着一种原始本能[①]，这种原始本能在那个被允许的、光明的世界里不得

① 此处指性欲。

不爬进洞穴里躲藏起来。跟每个人一样，那种慢慢苏醒的对于性别的感觉也开始向我袭来，以敌人和摧毁者的面目，以禁果的面目，以引诱和罪恶的面目。我的好奇心所找寻的东西，给我制造梦想、情欲和恐惧的东西，这个青春期的大秘密，它和我备受呵护的宁静幸福的孩童状态格格不入。我的做法和所有人一样。我过着一种是孩子却又不再是孩子的双重生活[①]。我的意识活在熟悉的、被允许的范围内，我的意识拒绝那个隐隐约约向上升起的新世界。与此同时，我又活在具有地下性质的梦境、本能和念想中，通过这些梦境、本能和念想，那个有意识的生活为自己搭建着一座座越来越令人感到胆战心惊的桥梁，因为我心中的那个儿童的世界开始崩塌。跟天下几乎所有的父母一样，我的父母面对这些苏醒的生命本能也帮不上忙，这些本能不被说起。他们只会用取之不竭的细心周到得帮助我去进行下面这些绝望的尝试：竭力否定这种真实存在的东西，继续栖身于一个变得越来越不真实的、越来越具欺骗性的儿童的世界。我不知道天下父母在这个方面是否有能力做很多事情，因此我现在无意责怪我的父母。搞定自我，找到自我之路，这其实是我自己的事情，而我却和大多数有教养的人一样，没有做好自己的事情。

每个人都会切身经历这种困难。对于普通人而言，这正好就

① 此处暗指作为自慰的手淫。在1900年前后的德语区，手淫还被认为是一种有害健康的恶习，遭到严格禁止，尤其被教会当作罪恶来看待。

是生命中的那个点，在这个点上，自身生命的要求和外在环境发生最激烈的冲突，在这个点上，那条向前的道路必须通过最艰苦的搏斗才能取得。很多人都在体验死亡和新生，这就是我们的命运，此生只此一次。在童年开始脆裂并慢慢坍塌之时，在一切曾经的所爱意欲离开我们，而我们也突然感到四周只有宇宙的孤独和三九严寒之时。也有很多很多人就这样永远挂在了这块危岩峭壁上，他们终其一生都会痛苦地抱住那不可挽回的过去、抱住那失乐园的迷梦不放，殊不知，这个失乐园的迷梦是所有迷梦中最坏和最凶残的噩梦。

我们现在回到故事本身。这些感觉和梦境，尽管童年的终结开始在其中向我显现，但它们却还没有重要到需要被讲述的地步。重要的是那个“黑暗的世界”，那“另一个世界”，它又来了。那曾经由弗兰茨·柯洛墨所体现的东西，现在又潜伏在了我的身上。如此一来，“另一个世界”又得以从外部再度将我掌控。

从柯洛墨那事算起，也过去有好几年了。我生命中的那段戏剧性并充满罪责的时光也已经离我远去，如同一个短暂的噩梦消逝得无影无踪。弗兰茨·柯洛墨早就从我的生活中消失了，如果他什么时候遇见我，我几乎都不会多看他一眼。但是，我悲剧中的另一个重要人物，马克斯·德米安，却再也不能完全从我的周围消失。当然了，他有很长一段时间都是远远地站在外围的边缘，看得见，但却不起作用。只是逐渐地，他才再次开始靠近，散发活力并施加影响。

我现在试着回忆一下那段时间对德米安的了解。大概有一年或一年多的时间没有跟他说过一句话。我回避他，他也绝不强求结伴。大约有一次，我们遇上了，他对我点头。那样的话，我偶尔就会觉得，他的这种友好里面藏着一丝嘲笑或者是讽刺，不过这可能是我的主观臆想。我和他一起经历过的那件事，还有他当时对我所产生的那种奇特的影响，就好像被他，也被我，忘得一干二净似的。

我寻找着他的身影，此时此刻，我开始回忆起他，我看见，他当时就在那里，他受到我的关注。我看见，他去上学，要么独自一人，要么夹在几个较大的学生中间。我看见，他在他们中间徜徉，是那么的异样、孤独与沉寂，宛如天外来客，裹在自身的气场里，活在自己的法则下。没有人喜爱他，没有人和他亲密无间，只有他的母亲，而他和她的相处方式看起来也不像是一个小孩子，反倒更像是个成年人。老师们都会尽可能地不去招惹他，他可是个好学生，但他却不愿去讨任何人喜欢。我们时不时地就会听到一些传言，说他对某个老师说了什么话，进行了发难或者是反驳，而这其中所表露的鲜明的挑战性与讽刺性又令人百口莫辩、无可指责。

我回忆着，双目紧闭，他的形象浮现在我的眼前。这个场景当时是在哪里呢？对了，现在又想起来了。那是在我们家门前的胡同里。有一天我看见，他站在那里，手里拿着一个笔记本；我看见，他在画着什么。他在描画我家楼门上方的那个上面有鸟的旧徽章图案。我站在一扇窗户边，身子藏在窗帘后，盯着他看，深感吃惊地看见，他的一张全神贯注的、冷峻的、明朗的脸转向那个徽章，那是一张男人的脸，一张学者的或是艺术家的脸，这张有着一双慧眼的脸是那样的深思熟虑、意志坚强，特别明朗，特别冷峻。

我又一次看见他。那是不久之后，在街上；我们大家都在放学的路上围观一匹打前失的马。只见这匹仍然被套在车辕上的马倒在一架农用车前，一边打着响鼻，一边可怜地寻觅，两只鼻孔张开直喘粗气，血从一个看不见的伤口汩汩流出，被一旁马路上的白灰悉数吸入，致使白灰慢慢地变成深色。此情此景令我感到一阵恶心，我于是转过身去，这时我看见了德米安的脸。他没有挤上前来，他站在最后头，以他特有的样子，惬意而不失优雅。他的目光似乎一直落在马的头上，又是那种深邃、静默、近乎狂热却又不露声色的专注。我情不自禁地长时间凝视他，那时的我还远远没有意识到，而仅仅只是感觉到了某种十分奇特的东西。当时，我看着德米安的脸，我看到他长着不是一张男孩的脸，而是一张男人的脸；我还看到更多，我以为我看到，或者说感到的是，那其实也不是一张男人的脸，反而还是某种别的什么东西。就好像那里面也包含着某个女人的脸[①]，更有甚者，有那么一瞬间，

① 这里所表达的是哲学和心理分析学说对于雌雄同体的看法。根据这种看法，每个人就其原初的、完整的天性和体质而言都同时包含有男性和女性特征。后天的教育使人只能固定到一种性别上，人由此丧失其原初的完整性。

这张脸在我看来既非男人和孩子，也非老非幼，而是，总之就是千年万年长，就是永恒，就是被打上了别的时代烙印，而非我们正在经历的时代。

动物看上去可以是这个样子，或者树木，或者星星——我那时对此不甚清楚，我现在作为成年人对此所发表的感受，我那时还没有精准地感受到，我那时只感受到某种类似的东西。也许他很英俊，也许他令我喜欢，或许他也令我反感，即便是最后这一点那时也无法断定。我那时只看到：他和我们不同，他像是一只动物，或者像是一个精灵，或者像是一个形象，他到底是个什么样子，我不得而知，但他与众不同，与我们所有人不同，无法想象的不同。

回忆并不能告诉我更多，即便是这些回忆，或许也有部分是从以后的印象中汲取而来。

直到我又长大了好几岁，我才终于开始和他比较近距离地接触起来。德米安没有如常规习俗所要求的那样和他的同龄人去教堂行新教坚信礼[①]，因此，没过多久便又出现了一些与此相关的谣言。学校里又有人在传，说他其实是个犹太人，若非犹太人，就是异教徒，而另外一些人则更是绘声绘色，说他连同他母亲，要么就是什么宗教都不信，要么就是某个了不得的邪恶教派的成员。我认为，我也听到过一个与此有关的怀疑，说他和他母亲在

① 进入成年期的一种宗教仪式。

一起生活，就像是和一个情人在一起生活一样。实际情况可能是，他迄今为止所接受的都是不带宗教信仰的教育，所以这一点现在开始让人担忧，恐怕对他的前途会多少有些不利。总之他母亲决定，在他比同龄人晚了两年的情况下，让他去参加新教坚信礼。如此一来，他现在就和我成了同学，我们一起上新教坚信礼课，时间长达数月之久。

我刻意和他保持了一段时间的距离，我不愿意和他沾边，对于我而言，关于他的谣言太多，他身上藏着的秘密太多，尤其令我受到困扰的是我觉得我对他负有感激的义务，这种义务感自打柯洛墨事件以来就一直是我的一块心病。然而，那个时候，我正好连我自己的秘密都忙不过来，尚无暇他顾。对我而言，新教坚信礼课和我在性事方面获取重要启蒙这两件事情恰巧在时间上重合，所以，不管我的愿望多么良好，我对于虔诚教诲的兴趣因此而大打折扣。那位神职人员所讲的事情以其宁静的、神圣的不真实而离我十万八千里，这些事情也许很美好、很宝贵，却一点也不触及现实，一点也不动人心扉，而那些别的事情恰恰能最大程度触及现实和动人心扉。

这种状况让我对这门宗教课程越来越无所谓，与此同时，我的兴趣点又一次越来越向着马克斯·德米安靠近。冥冥之中似乎有个东西把我们绑在一起。我现在必须好好来探究一下这种联系。就我的回忆所能达到的最大极限而言，事情开始于大清早的一节课上，当时教室里还亮着灯。我们的宗教课老师已经讲起了该隐和亚伯的故事。我昏昏沉沉想睡觉，几乎没有好好去听。这时，那位牧师开始提高嗓门，用告诫的语气谈及该隐的标记。在这个瞬间，我感到某种触动或警示，我抬起眼皮，看见德米安的脸从其所在的前面几排凳子处向坐在后面的我转了过来，只见他那一双会说话的眼睛明亮清澈，眼神里不知含着的是嘲讽还是严肃，可能兼而有之吧。他只看了我一眼，我就突然开始竖起耳朵去听牧师的讲话了，听他言说该隐及其记号，进而我从内心深处开始明白，明白事情并非如他所讲授的那样，明白对此也可以有不同的看法，甚至对此展开批判也未尝不可！

随着这一刻，德米安和我之间又有了一种联系。也真是怪得很——某种休戚与共的感觉从灵魂深处冒出，我看见它仿佛跟施了魔法似的立马也被转换到了教室这个空间。我不知道，这是不是他的一己之力所能为，或者这是不是一个纯粹的巧合——我那时仍在坚定不移地相信巧合——没过几天德米安突然就换了宗教课的座位，并且刚好就坐在了我前面（我今天还清楚地记得，早上爆满的教室里弥漫着令人作呕的贫民院[①]院民气味，被困在其中的我，那时是多么喜欢使劲吸入从他脖子上散发出来的

① 德语区旧时用来安置穷人的收容所，每个城市基本上都有自己的贫民收容所，一般只收容本城贫民，运转经费来源于富裕市民的捐助、市政府及教会的补助。

那股柔和清新的肥皂味啊！），而又过了几天之后，他又换了位置，而这一次居然就坐在我的边上，而且此后就一直坐在这个位置上不变了，坐了有整整一个冬天，外加整整一个春天。

这些早晨的上课时光从此发生了翻天覆地的变化。它们不再是昏昏欲睡和无聊透顶。我巴望着上这门课。有时，我们俩都会聚精会神地聆听牧师讲课，我邻桌的一个眼神便足以让我注意到某个故事值得注意之处、某句格言的奇特之处。而他的另外一个眼神，一个确信不疑的眼神，也足以向我发出警示，激发我内心的批判和怀疑。

但更多时候我们都是坏学生，对上课的内容充耳不闻。德米安始终以彬彬有礼的态度对待老师和同学，一般在校小男生爱干的蠢事我从未见他干过，他在人前从未大声笑过或者高声大气地说过话，他也从未招致过老师的责备。然而，他懂得悄悄地，与其说是咬耳朵根子，毋宁说是通过发信号、使眼色的方式，让我参与他本人的一些活动。这些活动部分具有奇怪的性质。

比如他会告诉我，学生中都有谁令他感兴趣，他又会以什么样的方式去琢磨他们。他对有些人的了解可谓入木三分。“如果我用大拇指给你发一个信号，那么就是暗示谁和谁会回头看我们，或者会挠脖子。”诸如此类的话他会在上课之前跟我说。上课当中，在我常常几乎快要记不住这些标记时，马克斯便会用醒目的姿势向我转动他的一根大拇指，我于是就赶紧去看那个被他做了记号的学生，而且我看见那人每次就跟牵线木偶似的，做的真的都是人家想要他去做的动作。我纠缠德米安，要他也试着跟老师来个如此这般，可他不愿意那样做。但有一次，我来上课并告诉他说，我今天没有完成我的作业，所以很希望牧师今天别问我任何问题，这下他帮我忙了。牧师要找一个学生，他想要这个学生背诵一段基督教教义问答手册的内容，他那扫视的目光偏偏停留在我这张自知有罪的脸上。他慢慢走过来，伸出一根食指指着我，我的名字已经到了他的嘴边——就在这个节骨眼上，他的注意力突然开始分散，或者说他整个人开始躁动起来，只见他扭动脖子，走到德米安面前，德米安则一动不动地与他对视，似乎想要问他一点问题，不过，令人吃惊的是，他却又转身走开，他先是咳了两声，然后就点了另外一个学生。

我是慢慢才察觉到，在这些玩笑令我开心满怀的过程中，我的朋友频繁地和我耍着同一个把戏。于是，我在放学的路上会突然觉得，德米安就跟在我身后不远处，而当我回头去看时，他果然就在那里。

“你真的能够做到让别人被迫去想你之所欲吗？”我问他。他热心地给予问答，平静而客观，以其老练成熟的方式。

“不，”他说道，“这没有人能够做到。因为没有什么自由意志，尽管那位牧师装作真有其事的样子。别人不能去想他之所欲，我也不能让他去想我之所欲。不过呢，你可以好好地去观察某个人，然后你往往就可以比较准确地说出他的想法或者是感觉，再然后你就大都能够预见到他下一秒都会做些什么。非常简单，只是人们不知道罢了。当然需要训练。例如蝴蝶属中就有某些夜蛾，它们的雌性比雄性要罕见得多得多。这些夜蛾恰好又跟所有蝴蝶的繁殖方式一样，先由雄性使雌性受精，然后再由雌性产卵。如果你现在有一只这样的雌夜蛾——自然研究者们已经频繁地进行过这种尝试了——那么夜间就会有很多雄夜蛾飞过来找这只雌夜蛾，而且是从要飞几个小时的远方赶过来！要飞几个小时的远方，你想啊！在好几公里的距离上所有这些雄性都觉察到了这唯一一只雌性在此地的存在！人们尝试对此进行解释，但却困难重重。肯定是一种嗅觉或者类似的东西，就好比猎狗能够找到并跟踪不起眼的痕迹那样。你明白吧？就是诸如此类的事物，它们在自然界里比比皆是，却没有人能够对它们作出解释。但我现在要说的是：假如在这些蝴蝶里雌性同雄性一样常见，那么它们就不会拥有如此灵敏的嗅觉了！它们之所以拥有它，就只是因为它们为此对自己进行了训练。如果一个动物或者一个人把其全部的注意力或者其全部的意志都对准一个确定的事物，那就可以心想事成。结果就是这样。你所指的东西也同样如此，一模一样。你用足够的细致去打量一个人，你就会比他还要了解他自己。”

我差点就脱口说出“读思想”这个词，从而以此令他忆起已经过去很久的柯洛墨事件，但我欲言又止。当然，下面这点现在也是发生在我俩之间的一件十分奇特的事情，即对于他多年前曾经郑重其事介入过我的生活这一事实，他和我从来没有，而且永远也不会作出哪怕是半点的暗示。就好像我们之间从前没有发生过任何事情似的，或者说，我们双方都笃定对方已经将其遗忘。有那么一两次，甚至出现我们一起走在街上碰到那个弗兰茨·柯洛墨的情况，而我们居然做到了目不斜视，而且也没有提及那人一个字。

“可是这个意志又算是怎么一回事呢？”我问道。“你先说，每个人没有自由意志。然后你又说，每个人只需将其意志牢牢对准某事某物，就会达到其目标。你的这些话可不对啊！如果我不能掌控自己的意志，那我真的也就不能将其随意对准这里或者是那里。”

他拍拍我的肩膀。当我令他感到喜悦时，他总会这样做。

“你提问了，很好！”他大笑着说道。“我们每个人必须不断发问，我们每个人必须不断质疑。事情其实非常简单。比如说这么一只夜蛾，假如它想要把它的意志对准一颗星星或者别的什么方向，那它是不能做到的。只是——它根本不会去进行这种尝试。它只会去尝试对它有意义和价值的事物，它需要的事物，它必须拥有的事物。而恰恰就是在这里它也成功地做成了那令人难以置信的事情——它养成一种神奇的第六感，这种第六感除了它别的动物都没有！我们人类同动物相比，有更大余地，不消说，也有更多兴趣。但即便是我们也被束缚在一个相较而言十分狭窄的圈子里，没有办法超越。我当然可以想象这想象那，我比如说可以主观臆想，我一定要到北极去，或者诸如此类的事，但只有当这个愿望完全根植于我内心，只有当我的本性完全被这个愿望所充溢时，我才能够去实施，才有足够强大的意愿要去这样做。一旦是这种情况，一旦你所尝试的正是内心命令你去做的事情，那事情也就能行了，那你就可以像驾驭一匹好马那样地去驾驭你的意志了。比如说，假使我现在有所打算，我想要促成我们的牧师今后不再戴眼镜这样一个结果，那么这其实是行不通的。这纯粹就是闹着玩儿的小把戏。但当我秋天那会儿坚决想要从我所在的前排座位调走时，事情就进行得非常顺利。当时突然来了个名字字母排在我前面的学生，之前一直生病来着，既然必须有人给他让座位，那当然就由我来做这件事情好了，因为刚好我的意志愿意一把抓住这个机会。”

“是的，”我说道，“我那时也觉得这事非常奇怪。从我们彼此对对方感兴趣的那一刻开始，你离我越来越近。但这到底是怎么回事？你可不是一开始就坐在我旁边的，你最初在我前面的长凳上坐了几回，是不是？这件事情的经过是什么？”

“事情是这样的：当我特别渴望从我的第一个座位调走时，我自己还并不十分清楚我想要调到哪里。”“我的意志是要我到你这里来，但我那时还没有意识到这个意志。与此同时，你的意志也开始行动，向我伸出援手。而后，当我坐到你前面的位置上时，我这才想起，我的愿望才实现了一半——我发现，我所渴望的其实不是别的，就是坐在你的边上。”

“但那时没有来过新同学啊！”

“是的，但那时我就干脆做了我想要做的事，于是我就毫不犹豫地坐到了你的边上。那个我和他换座位的小子只剩下吃惊的份儿，对我放任自流。那位牧师呢，虽然也一度察觉情况发生了变化——总之，每次，当他和我遭遇时，他多少都会隐隐地感到不自在，也就是说他知道我叫德米安，也知道我名字字母是D但却坐在S中间是不对的！但这一点并未迫切地进入到他的意识里，因为我的意志反对这样做，也因为我在反复地阻止他这样做。他也一再觉察到事情不大对头，开始盯着我看，同时仔细琢磨起来，这个好好先生。遇到这种情况，我的办法很简单。我每次都会死死地、死死地盯住他的眼睛不放。几乎所有人都很难承受这样的死盯不放。他们全都会变得烦躁不安。如果你想要通过猝不及防地死死盯着某个人的眼睛不放在他那里达到什么目的，而他却丝毫没有变得烦躁不安，这时你就要放弃这种办法了！你休想在他这里达到任何目的，永远达不到！但这种情况非常罕见。其实我也就知道有一个人，唯一的一个，我的这个方法对此人不起作用。”

“这人是谁？”我连忙问道。

他看着我，一双眼睛微微眯缝着，这是他陷入沉思时会有的神态。接着，他把目光从我身上挪开，并不作答，尽管我极为好奇，却也无法重复上述问题。

但我认为，他那时说的是他母亲。他似乎和她亲密无间地生活在一起，却从未对我说起过她，从未带我去过他家。我几乎不知道他母亲长什么模样。

那时我偶尔会尝试着去追赶他并使我的意志集中到某事上，使自己达到目的。那都是些在我看来足够迫切的愿望。但全都没有成功。这些事情我也没好意思跟德米安说起。我所怀有的那些愿望，我也没有办法向他承认，而他也没有问过。

我对宗教问题的笃信在此期间开始出现一些松动。不过，我全然受到德米安的影响，想法跟那些对宗教表示彻底质疑的同学们的想法有所不同。有那么几个同学，他们偶尔会发出这样的声音，如：相信一个上帝的存在，这是可笑的，与人类尊严不配，而那些诸如三位一体以及耶稣圣洁出生的故事简直就是可笑之极，而今天人们还在兜售这些陈芝麻烂谷子的事实属可耻。但我绝对不会这样想，即便是我怀有质疑的地方，我也仍然能够通过我童年的全部经验深知一种虔诚生活的真实存在，比如说我的双亲就过着这样一种虔诚的生活，他们的这种生活既没有什么有失尊严之处，也不虚伪。总之在宗教面前，我反倒是一如既往地感到敬畏之极。只不过是德米安让我习惯了以更自由、更有个性、更具消遣性、更富有想象力的方式去看待和诠释这些讲述和信条；至少我自己一直喜欢听从并享受他对我提议的那些解读。当然，很多东西对我而言太过突兀，该隐那件事情也是如此。有一次，在新教坚信礼课上，他的一个观点吓了我一大跳，倘若是在别的场合怕是还会更大胆一些。坚信礼课老师说起了各各他[①]。《圣经》中关于耶稣基督受难与死亡的故事从我很小的时候起就给我留下了深刻的印象，在我还是小男孩那会儿，有时，比如在耶稣受难节，在我父亲朗诵完受难故事之后，我会真挚而激动地活在那个因充满受难而美丽的、惨白的、幽灵般的但却无比鲜活的世界里，活在客西马尼[②]和各各他，而在聆听巴赫[③]的《马太受难曲》时，我会被这个神秘世界所散发出的幽暗剧烈的苦难之光连同其所有的不可思议的惊恐所淹没。我直到今天还能在这部音乐作品中，在《Actus tragicus》[④]中，找到一切诗意和一切艺术表达的化身。

好了，在那节课结束时德米安若有所思地对我说道："这里有点东西，辛克莱，我不喜欢。你把这个故事再念一遍，用你

---

① 耶稣被钉死之处。

② 耶路撒冷附近橄榄山旁的果园，是耶稣被犹大出卖被捕之地。

③ 约翰·塞巴斯蒂安·巴赫（1685—1750）：巴赫是巴洛克时期德国最重要的作曲家。

④ 巴赫作品目录第106号，即康塔塔《上帝的时光是最好的时光》。

的嘴巴和舌头好好品品，这里有些不对劲。就是关于那两个强盗的故事。多么壮观啊，小山包上有三个十字架比邻而立！不过，现在就来看看宗教宣传小手册里所讲的这个感伤故事吧，主角是其中的一个诚实的强盗！首先他是一个罪犯，他干下可耻的行径，天晓得都干了些什么事情，现在他一点一点地认罪服软，庆祝这样一些令人泪流满面的让人改过自新、让人忏悔的节日！这种距离坟墓两步的忏悔有什么意义可言，我请问你？只不过又多了一个正确的由牧师讲述的故事而已，这个牧师的故事甜蜜却不正直，不乏动人心扉的多愁善感，也不乏极度虔诚的背景。假如今天你必须从这两个强盗中选一个出来做朋友，或者说你必须考虑这两个人中你对哪一个能够予以更多的信任，那么，结果完全可以肯定，不是这个泪流满面的皈依之徒。不，结果是那另外一个，那一个才是一条汉子，有风骨。当皈依在他所处的情况下就只能最后充当美丽的说辞时，他对这种皈依不屑一顾，他走自己的路，一走到底，他没有在最后时刻胆怯地宣布与之前一直非要帮他不可的魔鬼断交。他是一个有风骨的人，而有风骨的人在《圣经》故事中都乐于吃亏。或许他也是该隐的一个后裔。你不这样认为吗？”

我感到极度震惊。我之前一直以为自己对这段钉在十字架上处以死刑的故事了如指掌、驾轻就熟，但直到现在我才发现，我之前在倾听和阅读这个故事的时候是多么缺乏个性，多么缺乏想象力。尽管如此，德米安的新思想在我听来依然是致命的，大有要一举推翻我脑海中固有概念之势，而我也以为，我必须坚持让这些概念继续存在。不，可不能这样对待万事万物，也不能这样对待最神圣的事物。

同往常一样，在我还来不及开口说话之前，他马上觉察到了我反对他的话。

“我已经知道了，”他用听天由命的口气说道，“这不算什么新鲜事。只是别太较真！但我想要对你说的是：我们可以通过几个点十分清楚地看到这个宗教的缺陷，这只是其中的一点。此处所涉及的问题是，这整个的上帝，旧同盟和新同盟的上帝，虽然是一个出类拔萃的人物，但却不是他本来应该展现的模样。他是善，是崇高，是有如父亲一般，是美，还是伟岸，是感伤——完全正确！但世界还由别的东西构成。而这些东西现在统统被简单地划归魔鬼管辖，而组成世界的这整整一个部分，这整整的一半，人们对其避而不谈、绝口不提。人们恰恰是把上帝标榜为一切生命之父，而对作为生命基础的性生活却干脆绝口不提，甚至尽可能地将其解释为魔鬼的工具，定性为罪恶！我不反对大家敬仰耶和华这个上帝，一丝一毫也不反对。但我认为，我们应当敬仰万事万物，视万事万物为神圣，敬仰全世界，视全世界为神圣，而不仅仅只是那人为分割出来的官方的一半！也就是说，我们在敬上帝的同时还必须去敬魔鬼。倘若这样，我才认为正确。若非如此，那么，我们恐怕就得为自己造出一个上帝，这个上帝身上同时也包含有魔鬼，在这个上帝面前，当世界上最自然的事情发生时，人们不必闭上眼睛。”

他一反常态，整个人变得近乎激烈，但他随即便又微笑起来，不再向我继续灌输。

然而，在我的内心，他的这些话语击中了我整个孩童岁月的秘密，这个秘密我每时每刻都揣在心间，从来没有向任何人透露过一个字。德米安刚才关于上帝和魔鬼的言论，关于神性的官方世界与绝口不提的魔鬼世界的言论，正好就是我自己的想法，我自己的神话，关于两个世界或两个半个世界——光明的和黑暗的世界的想法。我的问题其实是所有人的问题，是所有生命和思考的问题，这一认识突然像一道神圣的阴影掠过我的脑际。而当我看见并突然感到我的个人生活和意见正在深深参与伟大思想的永恒洪流时，恐惧和敬畏也正向我袭来。这个认识并不令人欢喜，尽管多少能够带来一些证实与愉悦。它的质地坚硬、味道粗糙，因为它自身附着着一种责任感，有着一种不再允许当儿童的意味，有着一种独立的意味。

这是我有生以来第一次揭开一个深埋在内心的秘密，我向我的这位同学讲述我从孩提时光之初起便一直存在着的关于“两个世界”的看法，而他也马上就发现，我最深刻的感受随之与他取得一致并表明了他的正确。不过，大肆利用这种事情不是他的风格。他比以前任何时候都更全神贯注地听我说话，他还凝视我的眼睛，看得我不得不把目光转向别处。因为我在他的眼神里又看到了那种罕见的、动物般的永恒，那种无法想象的年龄。

“我们另外再找时间细谈，”他体恤地说道，“我发现，你的想法要多于你能够跟人说出来的话。如果是这种情况的话，那你可要知道，你永远不可能完全体验过你之所想，这就不好了。只有经过我们体验的思考才有价值。你是知道的，你的那个‘被允许的世界’只不过是世界的一半，向自己隐瞒另一半，这你也已经尝试过了，正如牧师和老师们所做的那样。你将不会如愿以偿！在这件事情上，无论是谁，只要开始进行思考了，就不会如愿以偿！”

一席话切中我的要害。

“可是，”我几乎要喊出声来，“不被允许的事物、丑恶的事物，它们实实在在、真真切切地存在着呀，这你是无法否定的！既然它们遭到禁止，那我们就必须放弃它们。我当然知道，这世上有谋杀，还有一切可能的恶习，但仅仅就因为存在这些东西，我就该去变成一个罪犯吗？”

“我们今天是讨论不出什么结果来的，”马克斯安慰道，“你自己肯定是不会去杀人或强奸少女的，不会。但你还没有达到那个程度，到了那个程度的人就能够认识到什么才是真正的‘允许’与‘禁止’。你才刚刚感受到一段真理，另一段还在路上，你要相信自己！比如说你现在，大约一年以来，你感到体内有种本能，这种本能比其他任何东西都要强烈，而这种本能就被人们视作‘禁止’。希腊人，还有许多别的民族，相反却把这种本能奉为神明并用盛大的节日去敬拜它。‘禁止’并非一成不变的永恒，它是可以变换的。即便是在今天，任何人，只要他和一个女人到牧师那里去过并娶了她，他就可以和这个女人睡觉。在别的民族那里情况则不同，即便是在今天也还是不同。因此，我们每个人都必须为自己找到什么是允许以及什么是禁止——对他而言是禁止。你有可能从未干过遭到禁止之事，却又可能因此而是一个大流氓，反之亦然。归根结底，这其实纯粹是个有关安逸的问题！一个人如果日子过得太安逸，就不会去独自思考、独自判断是非曲直了，而是会服从现有的这些禁令。这会令他感到轻松。另外一些人则会独自感受到内心的戒律，在他们看来，每个正人君子现在每日所做之事恰好就是应该遭到禁止的不可做之事，而另外一些惯常遭到唾弃之事在他们看来却又是应该得到允许的可做之事。每个人都必然代表他自己。”

他似乎突然对自己如此长篇大论感到后悔，于是戛然而止。凭着这种感觉，我那时就已经对他当时的感受有所理解。他习惯于以一种舒服的、看似粗略的方式说出自己的突发奇想，正因为如此，他是宁愿去死也不能容忍一场“只是为了说而说”的交谈，这是他的原话。在我身上，他却感到，除了纯真的兴趣，还有太多游戏的成分，太多对于夸夸其谈的喜悦，或者诸如此类，简言之，就是缺乏一种坚决彻底的一本正经。

我把我写的这最后一个短语又重新念了一遍，“坚决彻底的一本正经”，与此同时，我突然又想起了另一幕场景，这是我和德米安在那些还是乳臭未干的岁月里一起经历过的最为激烈的一幕。

我们的新教坚信礼即将来临，这门宗教课程最后几节课上的内容是基督教圣餐。牧师认为这个内容很重要，他本人也非常卖力，因而在这几节课上可以感受到某种庄严的气氛。但偏偏就在这两三节指导课上，我的思绪被别的什么所牵制，而且还是被我的这位朋友本人所牵制。

我们被告知，新教坚信礼就是庄严地加入教会集体，我翘首企盼它的到来。在这个过程中，一个想法在我的脑海里萦绕，挥之不去：这种大约长达半年的宗教指导，其价值对我而言并不在于我在这里学到了什么，而是在于德米安的亲近和影响。我现在愿意被纳入的并不是教会，而是全然不同的组织，是一个富有思想与个性的修会,这个修会肯定以这样或那样的方式存在于世间，而我的这位朋友，我觉得他就是它派来的代表或使者。

我试图打消这个念头，我以为坚信礼的庆祝仪式是一件严肃的大事，无论遇到什么情况，都要带着一种庄严的姿态去体验，然而，这个仪式似乎与我自己的新思想格格不入。我想要做的事情，我就能做，这就是我此时的想法。这个想法在我看来正在慢慢地和对于即将到来的宗教庆典的想法融合，我准备以不同于别人的方式来进行庆祝，对我而言，这次庆典应该意味着加入一个思想的世界，一个我在德米安身上所认识的那个世界。

在那些天里，我再一次和他展开激烈辩论；时间恰好就是在开始上一节宗教指导课之前。我朋友的嘴很严实，对我相当早慧而自负的言辞没有感到愉快。

“我们的话太多了，”他说道，整个人显得非同寻常的严肃，“聪慧的言谈根本没有价值，根本没有。这样只会远离自身。远离自身便是罪恶。你必须像一只乌龟那样完全缩回自身。”

紧接着我们步入学校礼堂。那个时刻开始了，我努力使自己集中注意力，在我这样努力时，德米安没有打扰我。过了一会儿，我开始从他挨着我坐的那一边感到某种奇特的东西，一种虚空或冰凉或诸如此类，那感觉就好像他所坐的这个位置冷不丁变空了似的。当这种感觉开始变得令人透不过气来时，我转过头去。

这时我看见我的朋友在那里打坐[①]，坐姿和平素一样挺直端正。但他看上去仍旧与平素截然不同，某种东西从他身上散发出来，某种东西将他环绕，但我完全不知道这是什么东西。我以

① 古代东方的一种僧道修行方法，也是一种养生健身法。其方法是闭目盘膝而坐，调整气息出入，手放在一定位置上，不想任何事情。

为他双目紧闭，却看见他一直睁着眼睛。但他却不用眼睛去看东西，他的眼睛处于不看的状态，他的眼睛直愣愣地转向内部或远方。他一动不动地坐在那里，好像也没有呼吸，他的嘴巴像是用木头或石头刻成。他的脸色苍白，均匀的惨白，像石头，他的两道褐色的眉毛是他身上最有生命活力的地方。他的一双手放在他前方的长凳上，没有生气，一片沉寂，像物件，像石头或水果，惨白而一动不动，但却不是软弱，而是像坚硬完好的外壳包裹着一个藏而不露的强大生命。

这番情形令我颤抖不已。他死了！我心想，这句话我差点就大声喊了出来。但我知道他没死。我着魔的目光依恋着他的面庞，依恋着这张苍白的、铁石般的面具，于是我觉得：这就是德米安！同他平素与我同行和说话时的样子相比，这只是半个德米安，一个间或会发挥作用、会去适应、会出于乐于助人的精神而搭把手的人。但是，真实的德米安的面目就是像现在的这个样子，面无表情、原始古老，宛如动物一般，宛如铁石一般，俊美而冷漠，宛如死人一般，因为过着闻所未闻的生活而神秘十足。寂寥无声的虚空、苍穹和星光闪烁的宇宙，孤独的死亡，将他团团围住！

我不寒而栗，我的感觉是，现在这个人已经完全走进他自己。我从未有过如此的孤独。我没有参与他，对我而言，他遥不可及，另外我还觉得，他似乎去过这世上最偏僻的岛屿。

我几乎不能理解，除我之外竟然无人看到这一幕！所有人都必须看过来，所有人肯定都会感到毛骨悚然！但无人注意他。他坐在那里，像一幅画，我不禁会想，像偶像一般僵直，一只苍蝇坐上他的额头，慢慢爬过鼻子和嘴唇——他纹丝不动。

在哪里，他现在在哪里？他在想什么，他感觉到了什么？他是在天堂，还是在地狱？

我无法问他这些问题。当这节课结束时，我看见他恢复生命和呼吸，当他的目光和我的目光相遇，他又和从前一样了。他刚才去哪里了？他显得很疲惫。他的脸上又有了颜色，他的双手又动了起来，但褐色的头发现在却失去了光泽，好像很累的样子。

在接下来的日子里，我在自己的卧室里多次沉湎于一种新的修为：我直挺挺地坐到一张椅子上，让两眼发呆，让自己完全处于一动不动的等待状态，看我能坚持多久，以及在这个等待的过程中将会作何感受。然而，我只是人变得疲劳、眼皮痒得厉害而已。

新教坚信礼很快就过去了，没有给我留下重要的回忆。

现在一切都变了模样。童年在我周围垮塌为碎片。双亲看着我时不乏某种尴尬。姐妹们在我眼里也变得十分陌生了。我开始变得清醒，那些习以为常的情感和快乐因此在我眼里变得虚假和苍白，花园没有弥漫芳香，树林没有散发魅力，环绕着我的世界就好像是一场旧货的大甩卖，无聊至极，书籍是废纸，音乐是噪音。如此这般，就如同秋天里的一棵树，树的周围落叶缤纷，树却对此没有感觉，雨水在树的身旁汩汩流下，抑或阳光高照，抑或霜冻严寒，而在树的身上，生命正在慢慢归隐到那最亲密和最内在的角落。树没有死去。树在等待。

决定已经作出，我假期过后将要进入另外一所学校，而且这是我第一次离开家到外面上学。有时，母亲接近我时会显得特别柔情似水，她这是在提前向我道别，因而变着法儿地让我的心里充满爱和乡愁。德米安已经走了。剩下我孤身一人。

第四章　贝阿特丽采

假期结束，我坐车去了学校，之前也没有和我的朋友再见一面。我的双亲陪我一同前往，小心翼翼地通过这所文理中学的一位老师把我交与一家寄宿制男校保护起来。假如他们真的知道他们这是把我送进何处，他们恐怕会惊呆。

问题始终还是，我随着时间的推移是否能够成为一个好儿子和有用的公民，或者说我的天性是否会挤上别的道路。

躲在父亲之家和父亲之魂里去过一种幸福的隐居生活，我的这个最后的尝试虽然偶有接近成功之时，但终究还是失败了。

在我的新教坚信礼过后的假期里，我平生第一次感觉到一种奇怪的空虚和孤独（这种空虚，这种稀薄的空气，我后来还会不断见识它们的厉害），这种空虚和孤独不会转瞬即逝。反倒是与故乡的道别轻而易举地取得成功，说实话，我对此感到羞愧，我竟然不如别人伤心，我的姐妹们无端痛哭，我却不能。我对自己感到惊奇。我以前可一直是个感情丰富的小孩，而且本质上也是一个比较好的小孩。现在我完全变了。我对外面的世界持完全无所谓的态度，会连续多日只顾着服从我内心的召唤，倾听那隐秘于我内心深处的不能见人的潺潺暗流。在过去的半年里，我整个人长得可快了，细高个儿的我向世界投去不成熟的目光。小男孩的可爱劲儿从我身上彻底消失，甚至连我自己都觉得我这个样子不会有人喜欢，而我也绝对不喜欢我自己的这个样子。我常常特别想念马克斯·德米安；但我也没少恨他，没少把自己生命的贫乏怪罪于他，这种贫乏就像是一种丑恶的疾病一样缠在我的身上。

在男生寄宿学校里，刚开始的时候，我既没有受到喜爱，也没有受到尊重，人家先是嘲笑我，然后是对我避而远之，认为我是个胆小鬼和讨人厌的怪物。我倒是乐于扮演这种角色，甚至还有过之而无不及，于是满腔怒火的我会陷入一种孤独，这种孤独对外给人一种坚韧不拔的犹如男子汉大丈夫般鄙视世界的印象，而在私下里我却常常会被一阵阵大伤元气的忧郁和绝望所击垮。在这所学校里，我有一大堆关于家的知识要消化，我现在所在的班级有点倒退到我从前班级的意思，所以我渐渐养成了把我的同龄人稍稍鄙视为小屁孩的习惯。这样的情况持续了有一年多的时间，即便是最初的几次放假回家也没有带来新的起色。我乐于离家返校。

时间是十一月初。我已经养成了一个习惯，就是无论天气如何都要出去浮想联翩散一小会儿的步，而在散步途中我常常会得到一种狂喜的享受，一种充满感伤、鄙视世界和鄙视自我的狂喜。这不，有一天傍晚，我在潮湿的、雾气弥漫的黄昏时分徜徉于市郊，只见一个公园里有条宽敞的道路孤零零空无一人，邀请我前往。道路上满是落叶，足有厚厚的一层，怀着阴暗肉欲的我用双脚在这些落叶堆里乱刨，一股潮湿而酸苦的气味迎面扑来，远处的树木从雾霭中闪现出幽灵般巨大的阴影。

我在这条道路的尽头犹豫不决地站住不动，呆呆地凝视这黑乎乎的树叶，贪婪地呼吸着那由剥蚀和枯死所生发的潮湿的香气，我内心有个东西在回应和欢迎这股香气。哦，生活是多么的乏味！

从旁边的小路里走过来一个人，那人身上的翻领大衣随风飘动，我于是决定继续走路，但就在这时，那人叫住了我。

“喂，辛克莱！”

来人走近，是阿尔封斯·贝克，我们寄宿学校里年龄最大的一个学生。

我总是很喜欢见到他，我对他也不反感，除了一点，就是他对我跟对所有比他小的人一样，讽刺挖苦不说，还摆出一副大叔模样。大家认为他虎背熊腰、强壮无比，据说我们寄宿学校的校长也惧他三分，而且他还是许多校园流言中的主人公。

“你在这儿干什么呢？”他和蔼可亲地喊道，那口吻就跟年长些的偶尔会纡尊降贵地跟我们当中的某个人说话时一样。“嘿，我们打赌吧，你在作诗？”

“我可没有灵感。”我断然否认道。

他大笑起来，和我并排而行，边走边聊，令我感到好不习惯。

“你不用害怕，辛克莱，我对这个一窍不通。如果大傍晚的还有人在雾气里这么走动，还如此这般怀揣着秋天里的遐思，那肯定就是有点事情，遇到这种情况就有人喜欢作诗，我是知道的。描绘自然的死亡，当然，还描绘和自然一样的失去的青春。你瞧人家海因里希·海涅[①]。”

“我可没有如此多愁善感。”我抗拒道。

“好了，就这样吧！不过，遇到今天这种天气，我觉得找个安静的地方，来杯葡萄酒或者诸如此类的东西，对人有益。你也跟着来点吧？我正好就是自己一个人。难道你不喜欢？我可不想做你的引诱者，亲爱的兄弟，如果你是个在老师面前唯命是从的模范学生的话。”

随后不久，我俩便坐在了一家郊区小酒馆里，喝一杯令人狐疑的葡萄酒，举起厚厚的玻璃酒杯碰杯。刚开始这样我还不大喜欢，终究是以前从未做过的事情。但没过多久，我就因为不胜酒力而变得话多起来。那情形就仿佛是我心中的一扇窗户被撞开，滚滚红尘照了进来——我已经很久，很久很久没有对自己提过灵魂二字了！我开始胡言乱语，在这个过程中，我演绎了该隐和亚伯的故事！

① 海因里希·海涅（1797—1856）：德国文学家和政论家。

贝克津津有味地听我讲述——终于有个人，我能给他一点东西了！他拍打我的肩膀，他称我是一条好汉，我热血沸腾，我需要说话，我需要宣告，我打开阻塞已久的话匣子，滔滔不绝、侃侃而谈，我得到认可，我在一位学长那里还算个人物，我感到心花怒放。当他称我是一个完美的好心人时，他的这句话就如同甜蜜浓烈的美酒流进我的心田。世界在新的色彩中燃烧，我思绪万千、精神振奋，我的心中热情似火。我们谈论老师和同学，我只觉得，我们真是心有灵犀一点通。我们谈起希腊人，谈起异教徒的信仰，而贝克无论如何就是想要我承认有艳遇。在这个方面我可就没法跟他谈到一起去了。我还没有任何经历，无从谈起。而我心里有过的感觉、设想、幻想，它们虽然令我火烧火燎、灼热难耐，却也无法通过红酒的作用脱口而出。对于姑娘，贝克可谓知之甚多，他的那些爱情童话听得我激动万分。从他嘴里我获悉了一些令人难以置信的东西。阿尔封斯·贝克以他十八岁的年龄已经积累了丰富的经验。这些经验中有一条就是：和小姑娘一起玩，有件事可得知道，她们不要别的，只想要奉承和献殷勤，这固然很好，但却并不真实。他说，相比而言，在成熟的女人那里获得成功的希望更大。比如雅戈尔特太太，她开着一家卖练习本和铅笔的小店，她就很好说话，在她的柜台后面什么事情没有发生过啊，这些事情可不会写进书里。

我坐在那里，完全听入了迷，神魂颠倒。然而，我是不大能够爱上雅戈尔特太太的——但是，不管怎样，这种事情真是闻所未闻。在这里，至少对这些年长的家伙而言，可谓才思如泉涌，但我却从来没有做过这样的梦。这里面其实有一个错误的声音，凡此种种，全都显得普通平常，不怎么有品位，远不如我所认为的爱情可能该有的那种滋味。但是，不管怎样，这也是事实，这也是生命和冒险，有个人坐在我身旁，这是他的经历，这在他看来就是理所当然。

我们的交谈降低了一点调子，丧失了某种氛围。我也不再是那个完美的小小男子汉了，我现在也就只是一个小男孩，这个小男孩正在认真倾听一个大男人说话。但是，即便如此，同我过往的经年累月的生活相比，这仍然是件珍贵的事情，这仍然是件美妙无比的事情。此外，我也开始慢慢感觉到，从下酒馆到我们所说的那些话，这一切都是不被允许的，都是绝对禁止的。不管怎样，我反正是品出了精神的滋味，品出了其中所蕴含的革命的滋味。

我现在还能极为清晰地回忆起那个夜晚。当时已经很晚，我们两人经过发着暗光的煤气路灯，在又冷又黑的夜里踏上归途，这是我第一次喝醉。喝醉并不美好，喝醉特别痛苦，不过，即便是这种状态也不是一无是处，自有其迷人之处，自有其甜蜜之处，这是反抗和放荡，是生命和精神。贝克英勇地照顾着我，尽管他对我这个十足的新手大肆挖苦，他把我半背着带回宿舍楼，在那里，他成功地使我，还有他自己，通过楼道里一扇打开的窗户，潜入楼内。

在经过十分短暂的昏睡之后，我痛苦地醒来，随着脑袋逐渐清醒，我只觉得头痛欲裂。我爬起来坐在床上，身上还穿着白天的衬衣，我的衣服和鞋子胡乱扔在地上，散发出烟草和呕吐物的气味。这时，处于头痛、恶心和干渴难耐三重感觉夹击之下的我，脑海里浮现出一个画面，这是我长时间来都未曾正视过的一个画面。我看见故乡和父母住的房子，看见父亲和母亲，姐妹和院子，我看见我那宁静的、故乡的卧室，看见我的学校和市场广场，看见德米安和那一节节的新教坚信礼课——而所有这一切都是光明的，一切都戴上了灿烂的光环，一切都是美妙神奇的，神圣和纯洁的，而一切，所有这一切——我现在知道了——昨天还是，几个小时之前还是属于我的啊，还在等着我的啊，可现在，从现在这个时辰开始，全都被遗忘被诅咒了，不再属于我了，把我一脚踹了出去，用厌恶的眼神看着我！我打小从我的双亲那里获得的所有的爱和亲密无间，母亲的每一个吻，每一个圣诞节，家中每一个虔诚明亮的周日早晨，园子里的每一朵花——一切都毁于一旦，一切都被我用脚踩烂！假如现在有人跑来将我五花大绑，将我作为社会渣滓和神庙亵渎分子绑赴刑场处以绞刑，我会欣然同意，乐于前往，我会认为这样做正确得很、好得很。

总之，这就是我内心的写照！我，一个四处游荡、鄙视世界的人！我，一个精神上感到自豪且同时还保留着德米安思想的人！这就是我的面目，一个社会渣滓和下流货色，醉醺醺且脏兮兮，令人作呕且卑鄙粗俗，一头放荡的野兽，深陷丑陋欲望之泥潭而不能自拔！这就是我的面目，我，来自开满纯洁、灿烂、仁慈、温柔之花的花园，我，一个热爱过巴赫音乐和美丽诗词的人！我依然带着恶心和愤怒倾听我自个儿的大笑，一种醉醺醺的、不知节制的、间歇而荒谬地发出的大笑。这就是我！

尽管如此，忍受这些痛苦却依然近乎一种享受。由于我盲目而迟钝地、得过且过地爬行得太久，由于我的心灵沉默且贫乏地躲在角落里太久，所以，即便是这些自我控诉，这种恐惧，这灵魂深处令人厌恶的情感，都会受到欢迎。不管怎么说，那也是情感，火焰也在往上蹿，一颗心也在里面怦怦乱跳！陷入痛苦的我懵懵懂懂地感到了某种解放和春意。

在此期间，从外面看来，我在迅速地走下坡路。第一次迷醉很快就不再是第一次了。在我们学校，喝酒的学生很多，还搞恶作剧，我是跟着一起起哄的那些人当中年龄最小的之一，但很快我就不再是需要被容忍的小家伙，而是成为一个头目和明星，成为一个出了名的、肆无忌惮的酒徒。我又一次完全属于魔鬼，成为那个黑暗世界的一员，而且我在这个世界里还被视作一个呱呱叫的人物。

与此同时，我的心情却非常糟糕。我得过且过，活在一种自我毁灭的放荡之中。一方面，我被同学们当成一位首领、一条汉子，被视为一个极其果敢和风趣的家伙；另一方面，我的内心深处变化无常，充满了恐惧和担忧。我现在还记得，那是一个星期天的上午，我离开一家小酒馆，看见大街上有小孩子在玩耍，孩子们头发刚刚梳好，身穿节日的盛装，那鲜亮而满足的样子看得我泪湿眼眶。然而，别看我坐在低级酒馆脏兮兮的桌子旁把酒言欢，其间还搞些闻所未闻的讽刺挖苦来博取朋友们开怀一笑，常常也让他们大吃一惊，其实我心底对我所嘲弄的这一切充满敬畏，在我的内心深处，我其实是痛哭流涕地跪倒在我的灵魂、我的过去、我的母亲面前，跪倒在上帝面前。

我从未和我的同伴们步调一致，我在他们中间始终寂寞孤独，因而能够忍受痛苦，之所以如此，有一个很充分的理由。如果照着那些粗俗无比的人的心思，我就是酒馆英雄和讽刺能手，我对老师、学校、父母、教会所进行的思考和发表的言论显示了我的才智，也显示了我的勇气——即便是下流的笑话我也经受得起，我自己甚至敢说这样的笑话——但每当我的同伴们去找女孩子时，我却从未跟他们一起，我总是形单影只，同时充满了对爱情的炽热渴望，绝望的渴望，要知道，按照我的言论我必然是个纵情声色的老油条才是。没有人比我更脆弱，没有人比我更害羞。我时不时地就会看见有市民家庭出身的年轻女孩子走在我的前面，漂亮而干净，灿烂而秀丽，每当这时，她们于我就仿佛是那神奇的、纯洁的美梦，太好了，好一千倍，太纯洁了，纯洁一千倍，对我而言，是那样的遥不可及。有一阵子，我甚至再也无法走进雅戈尔特太太的文具纸张店，因为我只要看见她就会想起阿尔封斯·贝克跟我说过的关于她的那些事，而每每那种时候我就会感到脸红。

现在，即便是在我的这个新团体里，我也知道自己会持续地孤独、与众不同下去，我对此知道得越多，我脱离它的概率就越小。我现在真的不再记得，当时的痛饮和吹牛是否真的给我带来过乐趣，而对于喝酒，我也从来没有习惯到每次都能感受那令人难堪的后果的地步。那一切就像是一种强制。我做的是我不得不做的事情，因为，不那样做的话我就根本不知道拿我自己怎么办。我对长时间处于孤独状态感到畏惧，我害怕那众多温柔的、害羞的、亲密的心血来潮，我觉得我总是很容易发生这样的心血来潮，我害怕那温柔的爱的遐想，它们是如此频繁地袭上我的心头。

有一样是我最为缺乏的——一个朋友。有两三个同学，我很喜欢看见他们。但他们属于乖乖子之列，而我的恶习早就不再是秘密。他们回避我。我在所有人眼里都是一个毫无希望的处境不妙的赌徒。老师们知道我很多事情，我已经多次受到过严厉惩罚，我最终被学校开除已是大家翘首以待的事情。我自己也深知，已经有很长时间了，我再也不是一个好学生，而是一味逃避，靠招摇撞骗艰难度日，同时感觉这种情形也再无可能继续下去了。

路有很多条，在这些路上，上帝能够令我们孤独并带领我们走向我们自己。他那时和我一起走这条路，仿佛是一场噩梦。越过肮脏和黏糊，越过破碎的啤酒杯和说尽风凉话的一个个夜晚，我看见自己，一个着了魔的梦想家，在不安而痛苦地爬行，一条丑恶而不洁的路。有这样一些梦，在这些梦中，你正在奔向公主的路上，却陷在一摊摊污泥里，陷在臭气熏天和杂草丛生的后巷里，不能动弹。这就是我的经历。以这种不太优雅的方式，我注定要变得孤独，要在我和童年之间安上一扇闭而不开的伊甸园之门，这扇大门有人守卫，这些门卫发射无情的火焰[①]。那是一个开始，是自我思念的觉醒。

不过，当第一次，通过我就读的寄宿学校校长所寄信函的警告，我的父亲出现在学校时，我还是吓了一跳，整个人抽搐起来。当他，在那个冬天行将结束之际，第二次到来时，我已经很强硬和无所谓了，我任由他责骂，任由他恳求，任由他抬出母亲施压。他最后非常恼火，他说，如果我不思改变的话，他就让人把背负骂名和耻辱的我从学校里撵出来，然后再把我送进工读学校去。随他便！想怎样都行。当他起程离开时，他令我感到遗憾，但他没有达到任何目的，他再也没有找到通往我的路，而有那么几秒钟，我觉得他这是活该！

---

① 此处是对《圣经 · 创世记》第 3 章第 24 节内容的化用：亚当、夏娃被逐出伊甸园后，基路伯天使被派驻伊甸园东边，手拿带有火焰的旋转之剑，把守去往生命树的路。

我会变成什么样，我无所谓。我用奇怪且不太漂亮的方式，用下酒馆和炫耀与这个世界搏斗，这是我表示抗议的形式。我在这个过程中把自己弄坏，但有时对我而言，事情看上去大概是这样：如果这个世界不需要像我这样的人，如果它没有更好的位置提供给我们，没有更高的任务分配给我们，那样的话，像我这样的人就会坏掉。唯愿这个世界遭受这样的损失。

那年的圣诞假期令人不悦。母亲再次见到我时吓了一大跳。我又长高了，我瘦骨嶙峋的脸看上去显得十分灰暗和憔悴，我的表情松弛，黑眼圈，外加发炎。刚刚长出的一点点胡子和眼镜（我前不久才开始戴眼镜），使得我在她面前更显生疏。姐妹们退到一旁咯咯地笑。一切都令人不悦。和父亲在其牧师书房的谈话是令人不愉快和苦涩的，对几个亲戚的问候也不令人愉快，尤其令人不愉快的是圣诞前夜。在我有生之年，这可一直都曾是家里最重要的日子，是喜庆和爱的夜晚，是感恩的夜晚，是重温父母和我亲密无间的夜晚。可是这一次，这一切都令人感到压抑和难堪。我父亲同以前一样，布道了那段讲述野地里的牧羊人的福音，“他们就在那里守护着他们的牧群”；我的姐妹们同以前一样，容光焕发地站在摆放着供品的桌子旁，但父亲的声音听上去很不高兴，他的脸看上去苍老而拘谨，母亲也很忧伤，而一切的一切，供品和祝福，福音和圣诞树，对我都一样，都令我难堪，都不合我心意。胡椒蜂蜜饼闻起来很甜蜜，同时还勾起更加甜蜜的浓浓回忆。

那棵枞树散发出香气，讲述着不复存在的事情。我巴不得这个夜晚，还有这些个节假日，赶紧结束。

整个冬天就这样继续往下过。就在前不久，教师评议会对我进行了严正警告并以开除相威胁。恐怕剩下的日子不多了。那好吧，我没意见。我特别对马克斯·德米安怀恨在心。我这整段时间都没有再见到过他。刚来学校上学那会儿，我给他写过两次信，但没有得到任何回复；我因此也没有在假期里去看过他。

在公园里，也就是我秋天遇见阿尔封斯·贝克的那座公园里，在开春的时候，正当荆棘丛开始变绿的时候，出事了：有一个姑娘引起了我的注意。我当时一个人散步，脑子里塞满讨厌的念头和担忧，因为我的健康状况已经变得很糟糕，除此之外，我还持续地囊中羞涩，我欠了好几个同学的钱，而为了再向家里人要钱，我不得不编造一些必要的支出，而且我在好几家店里买烟及类似物品的账单也在不断增加。不过，并不是说这些担忧有多么严重——如果最终有一天我在这里的存在终结，我完蛋了或者是被送进工读学校的话，那么，起决定作用的也绝不会是这仨瓜俩枣的小打小闹。然而，只要我还活着，我就仍然要不断地直面这些不好的事情并因此而受苦。

在那个春日，在那座公园里，我遇到了一位非常吸引我的年轻女士。她身材高挑而苗条，着装高雅，长着一张聪明的男孩脸。我一下子就喜欢上她了，她属于那种我喜爱的类型，她让我开始浮想联翩。她的年龄恐怕不会大我太多，但却比我要成熟得多，她轮廓鲜明，高雅而健康，已经近乎完全是位女士了，但脸上却带着一丝傲慢和男孩子气，这也是令我十分喜欢的地方。

我以前从未成功接近过我爱上的任何一位姑娘，现在在这位姑娘这里，情况依旧如此。但这次的印象比以往所有的印象都要深刻，爱上这个姑娘对我一生所产生的影响是巨大的。

突然间，我又有了一个伫立在我面前的形象，一个高大而令人仰慕的形象——啊，在我的心里，没有什么需要，没有什么渴望是如此的深厚和强烈，就像主动祈盼敬畏与崇拜一样！我为她取名为“贝阿特丽采[①]”，但我并没有读过但丁，我之所以知道她，是源于一幅英国油画，我收藏过这幅画的复制品。在这幅画上，画中人物是英国前拉斐尔主义派[②]的一个少女，四肢非常修长，身形苗条，头部细长，双手及面部表情都具有超凡脱俗的精神化倾向。我爱上的这位美丽的小姑娘并不完全像她，尽管她也展现出我所喜爱的那些形式上的苗条和男孩子气，以及某种面部的精神化或富于灵性。

---

① 暗指意大利著名诗人但丁·阿利盖利（1265—1321）青少年时代的恋人，一位名叫贝阿特丽采的少女，但丁在一次聚会上对端庄优雅的她一见钟情，但她最终遵从父命嫁给他人并在婚后数年因病而亡，悲伤不已的但丁将自己对她的爱和思念写入《新生》和《神曲》等不朽作品，为她立下永恒的文学纪念碑。

② 前拉斐尔主义派是1848年在伦敦成立的一个艺术家组织，其作品以清晰的线条和强烈的色彩而闻名于世。

我没有和贝阿特丽采说过一句话。尽管如此，她那时仍然对我产生了最深刻的影响。她在我面前树立起她的形象，她为我开辟了一方圣地，她使我变成神庙里的祈祷者。日复一日，我再也不下酒馆痛饮了，再也不当夜游神了。我又能够独处了，我又喜欢读书了，我又喜欢散步了。

这种突然的转变让我受够了白眼，听够了风凉话。但我不为所动，我现在有自己热爱和崇拜的对象，我有了一个理想，生活重新充满绚烂和神秘——这使我变得充实。我重新回到自我之家，尽管还只是作为一个仰慕的奴隶形象和膜拜者。

我现在只要想起那段时光，就不得不带着一丝感动。那时，我十二万分努力地尝试用一段已经坍塌了的生活的碎片为自己营造出一个"光明的世界"，我再一次完全活在那唯一的渴望中，渴望终结我身上的黑暗与邪恶，完全驻足在光明里，向众神跪拜。无论如何，现在的这个"光明的世界"有一些是我自己的创造；那已不再是一种逃回母亲怀抱的栖身，逃进不负责任的庇护，那其实是一种新的、由我自己发明和主动要求的弥撒，具有责任感和自律性。我为之而受的苦，我每每的逃避性，现在将会通过这种神圣的火焰升华为精神和虔诚。再也不可以有任何阴暗、任何丑恶了，不可以有辗转呻吟的夜晚，心脏不可以在淫荡的画面前乱跳，不可以有躲在不让进的门口偷听，不可以有贪婪好色的念头。我摒弃了这一切，代之以自己立下的一个祭坛，祭坛上摆放贝阿特丽采的画像，我通过献身于她而献身于众神。我从黑暗势力手中夺回的那部分生命，我把它作为祭品供奉给生命中的光明部分。我的目标不是情欲，而是纯洁，不是幸福，而是美和智慧。

这种对贝阿特丽采的图腾彻底改变了我的生活。昨天还是一个早熟的讽刺家的我，现在已是一个神庙里的祈祷者，我的目标是成为一个圣徒。我不仅结束了我习以为常的龌龊生活，我还尝试去改变一切，尝试让一切都变得纯洁、高贵和庄重，无论是饮食，还是言谈与着装，我都对此念念不忘。我开始在早上用冷水洗身，刚开始时很难，我必须强迫自己才行。我的言行举止变得严肃而庄重，我穿着笔挺，我让自己的步态变得更加舒缓和庄重。在外人看来，这样做可能会显得很滑稽好笑——但在我心里，这就是纯粹的礼拜仪式。

我尝试通过这些新的修炼来表达新思想，这些修炼中有一个对我十分重要。我开始画画。我之所以这样做，是始于我所拥有的那张英国的贝阿特丽采画像与我爱上的那个姑娘不是特别相像。我想试着把她画下来，为我自己而画。怀着一种全新的喜悦与希望，我在我的房间里——我前不久有了一间自己的房间——备齐漂亮的画纸、颜料和画笔，摆好调色盘、玻璃器皿、瓷碟、铅笔的位置。我买来的那些精美的胶化颜料[①]令我欣喜。其中有一种热情似火的色素绿，在盛着它的白色小碟子里闪着初光，那

① 用蛋黄或胶水等调和颜料而成的涂料。

情形现在还栩栩如生地浮现在我的眼前。

我小心翼翼地开始。画出一张脸是很难的，我准备先试试别的方面。我画了装饰纹、花朵和一些想象出来的小风景，画了一座小教堂，教堂旁再添一棵树，画了一座罗马风格的桥并配之以松柏。有时我会完全沉浸在这种游戏似的活动中，忘记自己的存在，我拿着一盒颜料，幸福得跟个孩子一样。但我最终还是开始画起了贝阿特丽采。

一连画了几张都很不成功，所以就把它们一一扔掉了。那小姑娘我时不时地就会在街上碰到，我越是尝试着去想象她的脸，就越是画得不行。最后我决定放弃这种做法，索性开始放手去画脸，只追随自身的幻想，依着已经开始的部分，依着色彩和画笔的自发引导，服从天意，顺势而为。就这样，一张充满梦幻色彩的脸被画了出来，对此我谈不上不满意。可是，我随即又继续去进行着同样的尝试，每画完一张新的，就会有某个东西表达得更为清晰一些，就会离我喜欢的那个类型更近一些，即便不是真人。

渐渐地，我也越来越习惯于用蘸满梦想的画笔去勾勒线条、填满画面，这些线条和画面没有蓝本，纯粹是游戏性摸索的结果，纯粹是无意识的结果。终于有一天，几乎是毫无意识地，我画成了一张脸，这张脸比之前所有的脸都要更加强烈地拨动我的心弦。它已不是那个小姑娘的脸了，它也早就不再该是她的脸了。它是一张不同的脸，是一张不真实的脸，却也是一张同样珍贵的脸。

它看上去与其说是像一个小姑娘的脸，不如说是更像一张小伙子的脸，就头发而言，也不是我爱上的那个小姑娘那样的浅金色，而是微微泛红的棕色，下巴鲜明而坚定，嘴巴透着青春的红润，整体上显得有些刻板，好像带着假面具似的，但给人的印象十分深刻，同时充满了神秘的活力。

当我坐在这幅画前时，它给我留下一个奇怪的印象。它在我眼里似乎是一张众神图或者是一个神圣的面具，半男半女，看不出年龄，既意志坚定，又若有所思，既呆板僵硬，同时却又不乏神秘的活力。这张脸有话要跟我说，它属于我，它要对我提出要求。它反正很像某个人，但我不知道是谁。

从现在开始，这张画像伴着我所有的遐思，它同时还分享着我的生活。我把它藏在一个抽屉里，任何人都休想拿到它，任何人都休想以此来嘲弄我。但是，只要是我一个人在我的陋室里时，我就会拿出这张画来，和它进行交流。晚上，我会用一颗钉子把它钉在床上方的壁纸上与我面对面，我会看着它入睡，早上醒来时，只要睁开眼，我就会第一眼去看它。

恰好也是在那段时间，我又开始频繁地做梦，我小时候就曾经常这样。我觉得我已经有很多年没再做过梦了。现在，这些梦又回来了，是一种全新的画面，我画的那幅肖像常常在其中出现，充满活力、侃侃而谈，对我或友好或敌视，有时甚至会面目狰狞，有时又会是至美、和谐与高尚。

有一天早晨，我正好从诸如此类的梦中醒来，这时，我突然认出它来。它用如此神奇而熟悉的目光看着我，它似乎在呼唤我的名字。它似乎很了解我，像母亲一般，似乎永远都在关照我。我的心怦怦直跳，我目不转睛地凝视那张画纸，那棕色的浓密的头发，那半女性化的嘴，那强壮的额头显得特别光亮，快了、快了，我心里只觉得我马上就要认出，马上就要重新发现，马上就要知道了。

我从床上跳起，站到那张脸跟前，最近距离地对它进行凝视，正好看向那双睁得大大的、微微发绿的、呆滞的眼睛，这双眼睛中的右眼的位置要比左眼的位置稍高一些。突然，这只右眼眨了一下，虽然眨得轻微，但却眨得真切，而随着这一眨，我认出了那个画中人……

我怎么会这么晚才找到答案呢！那是德米安的脸。

后来，我又不时地把这张画去和保留在我记忆中的德米安真实的表情进行比较。这些表情尽管相似，却根本不是同一个人的表情，但那就是德米安。

又有一次，那是一个初夏的傍晚，火红的晚霞透过我屋里向西开的窗户斜射进来。房间里变得很朦胧。我于是突发奇想，把贝阿特丽采抑或德米安的画像，用钉子钉到窗樘中的十字框架上，看晚霞照射下的它会是个什么样子。只见整个画面上，那张脸变得模糊，没了轮廓，但那双被淡红包围的眼睛，那光亮的额头，还有那红红的嘴巴，却被映得通红通红。而当这烈焰般的通红消了之后，我仍然长时间地坐在它的对面凝视。慢慢地，一种感觉爬上我的心头：这不是贝阿特丽采，也不是德米安，而是我自己。这幅画不像我——它也不应该像我，我觉得——但它却是我生命的全部，它是我的内心、我的命运抑或我的保护神。假如我重又找到一个朋友的话，那么我的这位朋友恐怕就是这个样子。假如我得到一个情人的话，那么我的这个情人恐怕就是这个样子。我的生和我的死恐怕就是这个样子，这就是我命运的音调和节奏。

在那几个星期里，我还开始了一种阅读，这种阅读给我留下的印象之深刻，超过我以往所读过的一切。即便是后来，也鲜有什么书籍能够再给我这样的体验，或许只有尼采[①]是个例外。那是诺瓦利斯[②]的一卷书，包含书信和格言，其中的很多东西我虽然看不懂，但却被书里的每个字莫名其妙地吸引，沉湎其中、忘乎所以。我现在想起那些警句中的一句。我用笔把它写到那个肖像的下面："命运和性情是一个概念的两个名字。"这句话的意思我现在明白了。

那个被我称作"贝阿特丽采"的小姑娘我还常常碰见。我已

---

① 弗里德里希·尼采（1844—1900）：德国哲学家，1900年后成为艺术和文学革新运动的思想先驱，他的一个最核心的思想就是"重估一切（基督教的）价值"。

② 诺瓦利斯：即格奥尔格·菲利普·弗里德里希·弗莱赫尔·封·哈登贝格（1772—1801），他是德国浪漫主义文学家，除著有《夜之赞歌》《圣歌》等诗歌作品外，还著有未完成长篇小说《海因里希·冯·奥弗特丁根》。

不再感到心动，但始终能够感到一种温柔的赞同，一种深情的预感：你和我紧密相连，但不是你，只是你的形象；你只是我全部命运中的一段插曲。

我对马克斯·德米安的渴望重新变得强烈。我对他一无所知，好几年都一无所知。我在假期里只遇见过他一次，唯一的一次。我现在发现，我在我的生平记录中故意扣下这次短暂的相遇不说，我还发现，我这样做是出于羞愧和虚荣。我现在必须把这一段补上。

事情是这样的：有一次，那是在假期里，我揣着一张总是显得疲惫不堪的脸，那时正好是我下酒馆的时期，在我的故乡小城里闲逛，正当我挥舞我的文明棍，睥睨着市侩们那一张张千篇一律的可耻的老脸时，我从前的朋友向我迎面走来。一看见他，我整个人就会吓一大跳。我立马就情不自禁地想到了柯洛墨。但愿德米安真的已经忘掉了这件事情！那种欠他人情的感觉着实令人难受——虽然原本只是一个小孩子的瞎胡闹，但还就是欠他人情啊……

他似乎在观望，看我是否愿意主动问候他，而当我尽可能淡定地主动问候了他之后，他向我伸出一只手来。我又一次感觉到他的握手！他的手握得是那样坚定、温暖而又冷淡，充满了男子汉气概！

他注视着我的脸，同时说道：“你长高了，辛克莱。”他本人在我看来则一点没变，跟平素一样老成，跟平素一样年轻。

他和我一起走，我们一边散步，一边只顾说些无关痛痒的事情，对从前绝口不提。我想起来，我曾经一度给他写过好几封信，但却没有收到他的回复。啊，但愿他也已经把这件事情给忘掉了，那些愚蠢的信件。他对此只字未提。那时还没有贝阿特丽采和那幅肖像画，我还沉湎于我的放荡时代不能自拔。我们来到市郊，在那里我邀请他和我一起上酒馆。他和我一起去了。我牛皮哄哄地点了一瓶葡萄酒，我斟满酒，和他碰杯，对学生圈里的喝酒套路，我显得驾轻就熟，我一口气干了第一杯酒。

“你没少上酒馆喝酒吧？”他问我道。

“啊，是的，”我懒散地说道，“除了这个，还能干什么？说到底，还是这样最快活。”

“你是这样认为的吗？或许是吧。这其中的某些东西的确十分美好——那种迷醉，那种一如巴克斯[①]般的开怀痛饮！但是我认为，绝大多数经常下酒馆的人，他们已经完全丧失了这种状态和感觉。在我看来，恰恰是这种往酒馆里跑才应该算是某种十足的市侩行为。是的，整整一个夜晚，擎着燃烧的火炬，去追求一种十足的、美妙的迷醉和狂喜！然而，就这样周而复始，一杯

① 古希腊、古罗马的酒神。

又一杯，这终归不合适吧？比如那个浮士德[1]，你能够想象一下他每天晚上坐在酒桌旁的样子吗？”

我一边喝酒，一边充满敌意地看着他。

“是啊，又不是人人都是浮士德。”我冷冷地说道。

他略感诧异地看着我。

随后他就以他惯有的朝气和从容笑了起来。

“哎呀，为此斗嘴，这是何苦呢？不管怎样，一个酒鬼或浪荡子的生活也许要比那所谓的无可挑剔的市民的生活更富有生气与活力。如此一来——我曾经在哪里读到过的——浪荡子的生活就是成为神秘主义者的最好的一种准备。确实也出现了一些像圣奥古斯丁[2]这样的人，他们成了先知。要知道，他之前可也是个纵情声色、追求享受的花花公子。”

我表现出一副怀疑的样子，我绝对不愿意自己被他左右。于是，我自命不凡地说道：“是的，每个人都遵从自己的趣味！说实话，成为一个先知或诸如此类的人，这根本不是我要关心的事儿。”德米安微微眯缝着一双眼睛，会意地看着我。

“亲爱的辛克莱，”他慢条斯理地说道，“我无意跟你说些不

---

① 此处指的是歌德同名悲剧中追求认识和救赎的主人公浮士德。

② 圣奥古斯丁（353—430）：年轻时生活放荡，后皈依基督教，成为基督教教父哲学之集大成者，代表作有《忏悔录》《上帝之城》《论三位一体》等。他运用新柏拉图主义哲学论证基督教教义，在基督教史上首次提出教权至上论，其哲学神学对中世纪中西欧思想具有强烈影响。

愉快的事。再者——你现在是出于何种目的喝你的酒，我们两个人其实也都不清楚。但你内心那称其为你的生活的东西，它却是知道的。知道在我们的内心深处住着一个人，这个人万事皆知，知道这一点是再好不过的了。不过，请你原谅，我必须回家了。”

我们匆匆告别。我闷闷不乐地坐在那里没动，一直坐到把我的那瓶酒喝光为止，而待我准备离开时，我才发现德米安已经给我付了酒钱。这反而让我更加气恼。

现在，我的思绪停留在这件小小的事情上。我满脑子想的全是德米安。还有他在市郊那家小酒馆里说过的那些话，全都又出现在我的记忆里，罕见的清晰，没有消失。“知道在我们的内心深处住着一个人，这个人万事皆知，知道这一点是再好不过的了！”

我打眼去瞧那幅画，它挂在窗户上，完全黯淡了。但我仍然看见那上面那一双眼睛灼热通红。这就是德米安的眼神。或者说这就是住在我内心深处的那个人。那个万事皆知的人。

我是多么渴望见到德米安！我对他一无所知，他对我遥不可及。我只知道，他可能在某个地方上大学，因为在他文理中学毕业后，他的母亲离开了我们的城市。

我尝试唤起我心底里留存着的所有关于德米安的回忆，甚至包括那段与柯洛墨同流合污经历的回忆。在这个过程中，他以前跟我说过的千言万语重又在我的耳畔响起，而所有这些话在今天仍然有意义，具有现实性，与我相关！还有，即便是他在我们最后一次令人极为不悦的会面时就浪荡子和圣徒所发表的一番言论，也突然地照亮了我的灵魂。这难道不正好就是我的经历和感受吗？在一种新的生命冲动引发逆转，激活我内心深处对纯洁的热望、对神圣的渴望之前，我可不就是活在迷醉和痛苦，活在麻木和失落之中的吗？

我就这样继续沉浸在上述回忆之中，时间早已是深夜，外面也下起了雨。而我在我的回忆中也听到了下雨声，就是当年站在栗子树下的那一幕，当时他因为弗兰茨·柯洛墨而对我刨根问底，从而猜出了我最初的一些秘密。回忆一个接着一个地冒了出来，放学路上的一次次交谈，一节节新教坚信礼课。最后，我还想起了我和德米安最早的相遇。当时是干什么来着？我一时半会想不起来，我于是便给自己留出时间来慢慢想，我就一门心思地去想这件事情。终于又想起来了，还有下面这件事情。我们当时站在我们家门口，之前他已经把他对该隐的看法告诉给了我。而后，他便说起了坐落在我家大门上方的那个模糊的老徽章，也就是坐落在那块自下而上变得越来越宽的冠石里的徽章。他说他对此很感兴趣，还说必须对这类事物予以关注。

夜里，我梦见德米安和那枚徽章。只见它不停地变来变去，德米安用双手捧着它，它时而又小又灰，时而巨大无比、色彩绚丽，但他却对我解释说，它实际上就是那同一个。但最后他却迫使我吃下这枚徽章。当我将它吞下之后，我无比惊恐地感到，那只被我吞掉的徽章鸟居然在我的体内复活、撑圆我的身体并开始从里面大口啄食。怕得要死的我跳着从梦中惊醒。

正值夜半时分，我整个人变得十分清醒，我听见雨落进屋里。我爬起来想把窗户关上，却不料地上躺着个亮晃晃的玩意儿，被我一脚踩到。早上我才发现，是我画的那张画。只见它落在地上的一摊水里，已经鼓起了好几块。我把它撑开，夹在吸墨纸中间，放进一本很沉的书里晾干。待我第二天再去查看时，它已经完全干透了，但却彻底变了样。那张红红的嘴不仅变得惨白，而且也变得有点薄了。现在这张嘴才完完全全算是德米安的嘴了。

我现在准备画一幅新画，我要画那只徽章鸟。这鸟真实的样子我已记不清楚，而且据我所知，它身上的一些东西即便是从近处也无法得到辨认，因为这玩意儿年代久远不说，还不时地被涂上一点颜色。这只鸟是立在或坐在什么东西上的，也许是一朵花上，要么就是一只篮子或鸟窝上，再不就是一棵树的树冠上。但我对此并不关心，故而我直接从我记得清楚的地方开始。出于一种朦胧的需要，我一开始，便用色强烈；这只鸟的头在我的画纸上是金黄色。我继续往下画，情绪来了就多画，没有情绪就少画，如此这般，几天之后这个东西就完成了。

最终出现在画面上的却是一只猛禽，这只猛禽长着一个轮廓鲜明的雀鹰头。在一片蓝天的衬托下，它的半个身子陷在一个黑暗的地球仪里，只见它奋力向上，希望从中飞出，就像希望从一个巨大的蛋中飞出一样。我端详这幅画的时间越长，就愈发觉得它仿佛就是那个在我梦中出现过的彩色徽章。

给德米安写封信，这于我恐怕是不可能的事了，就算我知道要寄往哪里。但我那时怀着一种梦幻般的预感，我还是决定给他寄去这幅雀鹰图，不管他收不收得到。我没有在画上写一个字，甚至连我自己的名字都没有写，我小心翼翼地剪去画的边缘，买来一个纸质的大信封，把我这位朋友从前的地址写到上面。然后我就把信给发了出去。

马上就要考试了，我不得不花比平时更多的时间去学习。自打我突然改邪归正、不再四处浪荡之后，老师们又重新仁慈地接纳了我。虽然我现在也算不上一个好学生，但半年前所有人都以为我很可能会被学校开除这件事，不仅被我，也被其他人，全然忘在了脑后。

我的父亲现在又更多的是用跟从前一样的口吻给我写信了，不再加以指责和威胁。可我却没有动力向他或别的什么人去解释我具体转变的过程。这一转变居然和父母及老师们的愿望相符，这纯属巧合。这一转变并未将我带向另外那群人，也并未使我接近什么人，只是让我更加孤独。这一转变瞄准某个方向，瞄向德米安,瞄向一个遥远的命运。这个命运,我甚至都不知道它的存在,而我其实已深陷其中。这个命运，它虽然始于贝阿特丽采，但一段时间以来，由于我沉迷于我的画以及对德米安的思念，从而一直活在一个不真实的世界里，以至于她完全从我的视线和脑海里消失了。我的梦想、我的期望、我的内心变化，我没有跟任何人说过一个字，我做不到，即便我很想这样做，也做不到。

但我怎么可能会很想这样做呢？

第五章　鸟儿奋力出壳

我画的梦中之鸟已经上路，它在找寻我的朋友。我通过神奇的方式得到一个回复。

上学的时候在班里，在我的座位旁，在两节课之间的休息结束后，我发现我的书里插着一张纸条。这张纸条的折叠方法就跟我们平时班里同学之间上课偷偷递条子一样。我感到吃惊的只是谁会给我递这样一张纸条，因为我还从未和哪位同学有过这样的交往。我心想，兴许是某个学生拉我跟他一起开玩笑，但我是不会参与其中的，于是我看都不看地就把这张纸条放进书的前面几页里了。直到再上课时，它又很偶然地落到我的手上。

我摆弄着这张纸，漫不经心地将它打开，发现上面写着一些话。我把目光投向这些话，我目不转睛地盯住其中一段话，我只觉得整个人吓了一大跳，而当我逐字逐句去看这段话时，我的心因为造化弄人而宛如遭遇严寒般一阵阵抽紧：

“那只鸟正在奋力出蛋壳。那枚蛋就是全世界。谁要想被生出来，谁就必须去摧毁一个世界。那只鸟飞向神明。那个神就叫作阿布拉克萨斯[1]。”

在把这几行字念了好几遍之后，我整个人完全陷入沉思之中。不可能存在任何怀疑，这就是德米安的回复。不可能还有什么人知道这只鸟，除了我和他。他已经拿到了我的画。他看懂了，所以帮我进行诠释。但这一切到底处于怎样的关联之中？尤其令我感到折磨的是——阿布拉克萨斯又是什么意思？这个词我从来没有听说过，也从来没有看到过。“那个神就叫作阿布拉克萨斯！”

这节课结束了，课上都讲了些什么，我却没有去听。下节课又开始了，这是上午的最后一节课。来上课的是一位年轻的临时代课教师，才刚从大学毕业，也正因为他还很年轻，在我们面前还正经不起来，所以我们比较喜欢他。

我们在佛伦斯博士的带领下读希罗多德[2]。这种阅读属于学校里为数不多的令我感兴趣的课程之一。但这一次我的心却不在这里。虽然我机械地打开了我的书本，但我却没有跟着一起翻译，而是一直沉浸在自己的思绪里。此外，我也已经多次体验到，德米安那时在宗教课上告诉我的话是多么的正确无比。无论什么事情，只要你的意愿足够强烈，它就能够成功。如果课堂上的我满

---

① 早期基督教宗教哲学派别之一诺斯替派的神祇，象征着最高的原始本质，从中产生出精神、言语、天意、智慧和权力这五种原始力量。人们根据这一学说制造出各种宝石，这些宝石上面刻有一只长着人的身体、鸡头或鸟头以及蛇足的怪兽。阿布拉克萨斯是具有魔鬼之性的上帝，是善恶兼具的神。

② 希罗多德（约公元前480—公元前425）：古希腊前基督教时期的历史学家，被视作“历史之父”。

脑子都是自己的想法，那么我就会放心大胆地笃定老师会让我安静。是的，如果你是一副注意力不集中或者昏昏欲睡的样子，那他就会突然站在你的面前：这种情况我曾经碰到过。但如果你真的是在思考，真的是陷入沉思之中，那你反倒是进了保险箱，万无一失了。至于他所说的用坚定的目光去注视，这一点我也已经尝试过了，可以说十分灵验。当年和德米安在一起的时候，我还没有能力做到这一点，而现在我却常常感觉到，一个人用眼神和思想就能够办成很多事情。

我现在也是这样打坐的，希罗多德被我抛在脑后，学校被我抛在脑后。然而，就在这时，老师的声音冷不丁地宛如一道闪电射进我的意识，我惊恐失措地清醒过来。我听到他的声音，他站得很近，就在我的身边，我都以为他喊出我的名字了。但他却并没有往我这儿看。我长长地松了一口气。

就在这时，我又听见了他的声音。这个声音大声地说出那个词来："阿布拉克萨斯。"

佛伦斯博士开头的解说被我漏掉了，他继续进行着解说："我们不必天真地去想象那些教派的观点和古代的那些神秘组织，一如他们从一种理性主义观察的立场出发所呈现的面目。我们意义上的科学根本不知古代为何物。为此其实有一种研究，一种高度发达的研究，专门研究哲学兼神秘主义的真理。从中部分地产生出魔术和戏法，这些魔术和戏法也常常导致欺骗和犯罪。不过，即便是魔术，也有着一个高贵的出身，有着深邃的思想。我之前当作例子引用过的阿布拉克萨斯学说便是如此。今天人们说起这个名字的时候，总是把它和古希腊咒语联系在一起，也常常认为它是某个会施魔法的鬼怪的名字，这种鬼怪今天在一些野蛮民族那里还有。但阿布拉克萨斯似乎有着多得多的意味。我们大致可以把这个名字想成一个神的名字，这个神有着一个象征性的任务，即使神性和魔性相结合。”

这个博学的小男人伶俐而热忱地继续进行着他的讲解，没有人在聚精会神地听，又由于那个名字再也没有出现，所以我的注意力很快就重新返回到自己身上来。

“使神性和魔性相结合”，这句话在我的耳边回响，挥之不去。我可以在这里找到连接点。这对我而言丝毫不陌生，因为在我俩交好的最后阶段我同德米安进行过多次交谈，从那之后，我对此就谙熟于心了。德米安那时说过的，我们拥有一个我们尊崇的神明，但这个神明只是任意割裂的世界的一半（就是那官方允许的“光明的”世界）。但人们却必须有能力去尊崇那个完整的世界，也就是说，人们要么拥有一个神明，而这个神明同时也是一个魔鬼，要么人们在敬神的同时也完成对魔鬼的敬拜。可不是嘛，阿布拉克萨斯即是这样一个神明：既是上帝，同时又是魔鬼。

有好长一阵子，我都带着极大的热忱沿着这个线索继续找寻，却没有取得进展。我甚至把整整一个图书馆都找遍了，也没有能够找到那个阿布拉克萨斯。要知道，就本性而言，以这种方式刻意找寻，我可是从来都不太喜欢的，因为在这种找寻中，你首先找到的只不过是你看得见、摸得着的真实罢了。

那个曾经令我为之动了好一阵子真情的贝阿特丽采形象，现在也开始逐渐下沉，或者说更多的是它在慢慢地离我而去，越来越接近地平线，变得越来越朦胧，越来越遥远，越来越苍白。它不再令我的灵魂感到满足。

现在，在这个特别专注于自我的存在中，在这个宛如梦游者的存在中，一种新的修为正在形成。对于生活的渴望在我心中涌动，更多的是对爱的渴望和性的冲动，这种我一度曾经将其化为对贝阿特丽采的仰慕的性欲，要求着新的图景和目标。我还始终没有得到满足，而对我而言，比任何时候更不可能的则是：让这种渴望落空，以及期待从姑娘们那里得到点什么，就像我的同学们在她们那里寻求幸福那样。我又开始狠狠地做梦，而且白天做的梦比夜里还要多。想象、图景或愿望，从我的心里冒出，把我拉走，带离那外在的世界，致使我和我心中这些图景，和这些梦境或影子的交往与相处，要比我和我真实的环境的交往与相处显得更加真实、更加活跃一些。

一个确定的梦，或者是一个反复出现的想象力游戏，在我看来都是意味深长的。这个梦，这个我生命中最重要和最持久的梦，大概是这样的：我返回我父亲的小楼——大门上方闪耀着那只蓝底的黄色徽章鸟——在家中母亲向我走来——可当我上前想要拥抱她时，那却不是她，而是一个从未见过的人影，高大而有力，跟马克斯·德米安或我画的那张画很像，可又不同，尽管孔武有力，却又女人味十足。这个人影把我拉到她身边，揽我入怀，给了我一个深深的、令人战栗的爱的拥抱。狂喜与恐惧参半，这拥抱既是礼拜仪式，同时也是犯罪。在这个将我抱住的人影身上闪现着太多与我母亲的相似之处，闪现着太多与我朋友德米安的相似之处。这个人影的拥抱违背一切敬畏，但却是天堂般的幸福。我常常怀着深深的幸福感从这个梦中惊醒，也常常带着极大的恐惧和备受折磨的良心，仿佛犯下可怕的罪孽。

只是渐渐地、无意识地，这种全然内在的图景，以及由外向我而来的有关那位亟待被找寻的神明的某种暗示，在这两者之间，一种联系开始形成。这种联系随后可就变得越来越紧密和真挚，我也开始察觉，我恰恰是在这种充满预感的梦中呼唤着那位阿布拉克萨斯。狂喜和恐惧参半，男人和女人混杂，最圣洁和最丑恶彼此交织缠绕，深重的罪责一闪一闪地穿越最温柔的天真无邪——这就是我的爱情梦境，这也就是阿布拉克萨斯。爱情不再是动物般阴暗的性欲，一如我对爱情最初的感受，爱情也不再是精神化的虔诚崇拜，一如我对那个贝阿特丽采形象所表达过的仰慕。爱情是二者兼有，不只是二者兼有，比二者兼有更多，爱情集天使和撒旦、男人和女人于一体，集人和动物、最高的善和千夫所指的恶于一体。过这样的生活在我看来是命中注定，品尝其中滋味是我的命运。我渴望这样的生活，也害怕这样的生活，但它始终存在，始终凌驾于我之上。

明年春天我就会离开这所文理中学去念大学了，我还不知道去哪儿念、念什么。我的嘴巴上长出了小胡子，我是一个发育充分的人了，但我却是那样的无助和漫无目标。确定无疑的只有我心中的这个声音，这个梦中的图景。我感到我的任务就是闭着眼睛跟从这种引领。然而，这样做于我并不容易，我每天都在进行反抗。也许我不大正常，我没少这样想，也许我跟别的人不一样？但别人做的我统统都能做啊，只消勤奋一点、努力一点，我就能读柏拉图[①]，就能解三角学习题，抑或也能搞得懂化学分析。只有一点我不能：一把扯出那个暗藏在我内心深处的目标并在某个场合将其描绘出来让自己直面，就像别的人所做的那样，这些人特别清楚自己是想当教授还是法官，医生还是艺术家，实现这样的人生目标需要多长时间以及从事这样的职业会有什么好处。但我却做不到这一点。或许将来有一天我也会变成这类人，但我干吗要知道这个呢。或许我也不得不去寻找，不断地寻找，经年之久，却一事无成，达不到目标。或许我也达到目标，但所达到的却是一个邪恶的、危险的、可怕的目标。

---

① 柏拉图（公元前427—公元前348或前347）：古希腊哲学家，也是对西方哲学和整个西方文化影响最大的思想家之一，著有《理想国》等。

我只想试着体验那种从我自身油然而生的东西。可为什么这样做却如此艰难呢?

我不断尝试把我梦中那个强大的爱情形象描画出来。假如我画成了的话，那我应该早就把那画寄给德米安了吧。他在哪里?我不知道他在哪里。我只知道，他和我不可分离。我什么时候才会与他重逢呢?

贝阿特丽采时期的那些个长达数周和数月的友好宁静的日子早就过去了。那时我以为自己登上了一座岛屿,找到了一份安宁。可实际情况却总是——我刚刚喜欢上一种状态，我刚刚体会到一个梦的愉悦，那个状态，那个梦就已经变得枯萎和模糊不清。任你为其哀号哭泣，都无济于事!我现在活在一股渴望和期盼的烈焰中，这种渴望无法平息，这种期盼迫切无比，我常常因此而变得极端放肆和疯狂。

那个梦中所爱女子的形象常常极其鲜活清晰地浮现在我的眼前，甚至比看见我自己的手还要清晰，我和这个形象说话，在这个形象面前哭泣，诅咒它。我称它为母亲，满含热泪地跪在它的面前;我称它为情人，预感到它那成熟、带来一切满足的亲吻;我称它为魔鬼和妓女，吸血鬼和杀人犯。它引诱我去做些最温柔的爱之梦，去干些放荡的恬不知耻的事情，对它而言，没有什么事太好太珍贵，也没有什么事太坏太下流。

那个冬天我都是在内心充满难以言状的暴风骤雨中度过。我已经习惯了孤独，它压制不了我，我和德米安，和那只雀鹰，和梦中那个高大人影的形象生活在一起，这个梦中人影就是我的命运和我的情人。这就足以活在其中了，因为一切都指向大和广，一切都指向阿布拉克萨斯。但这些梦中没有一个，我的思绪中也没有一个听从我的指挥，我叫不动它们当中的任何一个，我不能随意地给它们当中的任何一个着色。它们跑来将我拿下，我受它们统治，我靠它们而活。

对外我固若金汤。我不怕人，这一点我的同学们也都领教过了，他们因此暗中对我肃然起敬，搞得我常常忍俊不禁。只要我愿意，我就能够犀利地看透他们当中绝大多数人的心事，有时还因此令他们大惊失色。只是我很少愿意或者从不愿意这样做。我始终忙于琢磨那个我，始终忙于琢磨我自己。我极度渴望的事情是：终于有一天能活出个样来，把发自我内心的东西传递给这个世界，和它发生关系，也和它展开斗争。有时我会在傍晚跑到街上去，心神不宁地在外游荡到半夜也不回家，有时我又会以为我的情人肯定会遇见我，肯定会走过下一个街角，在下一个窗洞里呼唤我。有时我也会觉得这一切令人痛苦不堪、难以承受，于是我就准备哪一天通过自杀来个一死为快。

我那时找到了一个奇特的避难所——因为一次“偶然”，人们一般会这样说。但这样的偶然是不会有的。如果有个人，这个人必然需要某个东西，也发现找到了这个为他所必然需要的东西，那么给予他这个东西的就不是偶然，而是他自己，是他自己的渴望和那种非要不可指引着他。

我有两三次在城里游走时听见管风琴演奏的音乐从一座较小的郊区教堂里传出，但我没有为此驻足。当我下一次路过时，我又听见它了，而且我还听出演奏的是巴赫的音乐。我走到大门处，我发现那门是关着的，由于门前的那条胡同几乎没有什么人，我于是就坐到教堂旁的一块保护墙角的路缘石上，翻起大衣领子，仔细聆听起来。那不是一种大型的却是很好的管风琴，弹奏得非常美妙，带着一种特别的、极具个性化的对意志和坚定不移的表达，听上去就跟祈祷一样。我的感觉是：在那里弹奏的那个男人，深知这种音乐中蕴藏着一份珍宝，他为这份珍宝宣传、敲击、不遗余力，就像是为他的生命一样。就技术而言，我并不是很懂音乐，但恰恰是这种对灵魂的表达，我却是从孩提时代起就已本能地听得懂了，而且也是从孩提时代起，我就已经能把音乐的东西作为我内心深处理所当然的东西来加以感受了。

那位音乐家接下来也弹奏了一点现代性的东西，可能是雷格尔[①]的音乐。这座教堂几乎一片漆黑，只有一线十分微弱的灯光从最近的窗户里透出来。等到音乐结束后，我又开始来回漫步，直至看见那位管风琴家走出教堂。此人还算年轻，但年纪比我要

① 马克斯·雷格尔（1873—1916）：德国作曲家、钢琴家、管风琴家、音乐家、指挥和教授，在键盘乐器复调音乐方面贡献颇多。

大，身材矮小敦实，只见他迈着有力又不情愿的步伐离去。

打这以后，我有时就会在傍晚前后来到这座教堂前落座或者是来回徜徉。有一次我也发现大门是开着的，于是就在教堂里的椅子上冷得发抖却又幸福地坐了半个小时，与此同时那位管风琴家则在上面就着昏暗的煤气灯弹奏。从他弹奏的音乐中我听到的不只是他自己。我觉得他所弹奏的一切彼此间都很接近，有着一种隐秘的关联。他所弹奏的一切都是充满信仰的，乐于献身和虔诚的，但并不是像常去做礼拜的教徒和牧师那样的虔诚，而是像中世纪的朝圣者和乞丐那样，是一种具有无所顾忌献身世俗情感性质的虔诚，这种世俗情感高于所有信教的自白。巴赫之前的大师们勤奋地演奏，还有古代的意大利人。而所有人都在述说同样的话语，而所有人述说的都是这位音乐家灵魂里所有的东西：渴望，最真挚地把握世界，而后再狂野地与之分离，怀着一颗灼热的心去倾听自身黑暗的灵魂、献身的迷醉和对神奇的深深好奇。

有一次，在这位管风琴演奏者走出教堂之后，我偷偷地跟踪他，看见他走进本城远郊的一家小酒馆。我也情不自禁地跟着他走了进去。我第一次在这里看清了他的面容。他在这间小屋的一角找了张桌子坐下，他的头上戴着一顶黑色的毡帽，面前放着一杯葡萄酒，是容量为半升的那种杯子，他的脸跟我之前所期待的一模一样。这张脸很丑，还有点狂野，它在寻找，也很执拗，固执而意志强大，与此同时嘴角则带着柔和与童真。男子汉的气概与坚毅全都体现在眼睛和额头，这张脸的下半部却是稚嫩和不成熟的，是冲动还有些软弱的，一个满是犹豫不决的下巴，孩子气十足地长在那里，与额头和眼神形成截然的对立。我很喜欢那双深褐色的眸子，满含着骄傲和敌意。

我默默地坐到他的对面，小酒馆里只有我们两个人。他的一双眼睛看着我，似乎是想要赶我走。但我毫不退缩，坚定地与他对视，最后他只好没好气儿地咕噜道："您这眼睛直愣愣死盯着看什么呢？您对我有什么企图吗？"

"我对您没有任何企图，"我说道，"但我已经从您这里收获很多。"

他的眉头皱了起来。

"是这样啊，那您是个音乐迷吗？我认为迷恋音乐是件令人作呕的事情。"

我不让自己被吓倒。

"我已经听过您的演奏了，经常听，在教堂外面，"我说道，"我其实也不愿意打扰您。我曾经以为，我或许会在您身上找到点什么，找到点特别的东西，到底是什么东西，我还不是很清楚。但您最好根本不要理会我所说的话！我真的可以在教堂里倾心聆听您的音乐。"

"我可每次都是锁上门的。"

"最近您忘记锁门了，所以我就坐到里面去了。不然的话，我就会站在外面或者是坐在那块路缘石上。”

“是这样啊？下次您可以进来，进来暖和点。您到时只消敲门就成。但要用劲敲，而且不要在我弹琴的时候敲。现在就来开说吧——您本来想要说什么来着？您是一个非常年轻的小伙子，很可能是个中学生或者大学生。您是音乐家吗？”

“不是的。我喜欢听音乐，但只喜欢听您弹奏的这种，全然绝对的音乐，在这种音乐里，你会感觉到一个人在撼动天堂和地狱。我认为，我非常喜欢这种音乐，因为它一点道德说教也不搞。其他的一切都是搞道德说教的，而我所要寻找的就是不搞这一套的东西。我已经吃够了道德说教之类东西的苦头。我不知道我表达清楚了没有——您可知道，肯定存在一个神明，这个神明同时又是上帝和魔鬼？据说是有一个的，我听人说过的。”

这位音乐家将他头上宽大的毡帽往后推了推，随即也把额头上的那根深色头发一并甩掉。与此同时，他向我投以犀利的目光，他的脸也越过桌子向我迎了过来。

他好奇地小声问道：“你所说的这位神明叫什么名字？”

“可惜我对他几乎一无所知，其实就只知道他的名字。他叫阿布拉克萨斯。”

这位乐师先是有些疑虑地环顾四周，好像有人在偷听我们的谈话似的。随后他整个人向我靠近并对我轻声耳语道：“我之前就是这样想的。您是谁？”

“我是文理中学的一个学生。”

“你是打哪儿知道的阿布拉克萨斯？”

“偶然得知。”

他一拳砸在桌上，害得他杯子里的葡萄酒都溢了出来。

“偶然！你可别，别这样……别瞎说八道啊，小伙子！阿布拉克萨斯是不会被偶然得知的，这一点您可要记好了。我还将告诉您关于他的更多情况。我对他有所了解。”

他不再吱声，默默地把他的椅子往后挪。当他见我充满期待地看着他时，他扮了一个鬼脸。

“不在这里！另外找个机会。您可记着啊！”

他的大衣没有挂到衣帽架上，只见他把手伸进大衣口袋，从中摸出几个烤栗子来，他把这些栗子扔给我。

我没有吭声，默默地接过它们吃了起来，我感到十分满意。

“好了！”过了一会儿他轻声耳语道。“您是打哪儿知道他的？”

我毫不迟疑地把事情的原委告诉他。

“我那时很孤独，很不知所措，”我开始讲述，“于是我就想起早年的一个朋友来，我相信他见多识广。我画了张画，画的是一只鸟从地球仪里破壳而出。我把这只鸟寄给他。过了一段时间，等我对此不再抱有什么信心的时候，我却收到了一张纸，纸上写着这样一段话：那只鸟正在奋力出蛋壳。那枚蛋就是全世界。谁要想被生出来，谁就必须去摧毁一个世界。那只鸟飞向神明。那个神就叫作阿布拉克萨斯。”

他没有回应，我们剥着栗子皮，一边吃栗子，一边喝葡萄酒。

“我们再来一杯？”他问道。

“谢谢，不用了。我不喜欢喝。”

他大笑起来，整个人显得有些失望。

“随您的便！我的情况不一样。我还要在这里继续待会儿。您现在尽可以走了！”

不过，当我下一次听完管风琴音乐和他走在一起时，他却不太爱说话了。他带着我在一条老巷子里穿过一栋雄伟庄严的老楼，向上来到一间有些昏暗和破败的大屋子里，这间房除了放有一架钢琴之外，再无任何与音乐相关之物，反倒是一个大书柜和书桌赋予了这个空间些许书卷气。

“您有多少书啊！”我赞叹道。

“其中一部分是出自我父亲的藏书，我住在他这里。是的，小伙子，我住在我父亲和母亲这里，但我不能把您介绍给他们，我的社会交往在这个家里享受不到太多的尊重。您可知道，我是一个浪荡子。我的父亲是一个极其值得尊敬的人，是本城的一位重要的牧师和传道士。而我呢，为了让你立马了解情况，我是他才华横溢和前程似锦的少爷，但这个少爷却离经叛道，不走正路，并且已经变得有些疯癫了。我曾经在大学里学习神学，却在国家考试临近时离开了这个正直诚实的院系。尽管就我的自学而言，我其实还一直在坚守着这个专业。这些人都分别想出过什么样的神明，这于我还始终是一个极其重要和有趣的问题。另外，我现在是音乐家，而我似乎马上就会得到一个小小的管风琴师的职位。那样的话，我不也就又是教会的人了嘛。”

我的眼睛沿着那些书脊看过去，我发现了希腊文、拉丁文和希伯来文的书名，这就是我就着书桌上那盏台灯所发出的微弱灯光所能看到的东西。这期间，我的那位熟人已经于黑暗之中躺到墙附近的地上并在那里忙活起来。

“您过来，”过了一会儿他喊道，“我们现在要来练习一点哲学，这也就是说要闭上嘴巴，趴在地上思考。”

他人就躺在壁炉前，他划着一根火柴，点燃壁炉里的纸张和木块。火焰蹿起，他一边拨火，一边添柴，极尽周到之能事。我也躺到他边上的破旧地毯上。他的眼睛盯着炉火一动不动，我也被这炉火所吸引，我们默默地趴在炉火前足足有一小时之久，壁炉里木头在燃烧，火焰在闪动，我们看着这炉火从熊熊燃烧，到塌陷下沉，到缩作一团，再到闪烁震颤，直至最终化作悄无声息的炽热残余贴地沉思。

“对火的膜拜并不是已有发明中最愚蠢的发明。”他若有所思地喃喃自语。除此之外，我们两个人就再也没有吱声。我目不转睛地依恋着那炉火，整个人沉入梦中，陷入宁静，我在浓烟中看到各种形象，在灰烬中看到各种图景。其间我曾猛地惊醒过一次。

我的同道往那残余的炭火里扔进一小块树脂，一道细小的火焰腾地蹿了上来，我在其中看到了那只长着黄色雀鹰头的鸟。在这奄奄一息的壁炉余火中，发着金红色光的线条汇聚成一张张网，字母和图像出现了，令人想起面庞，想起动物，想起植物，想起蠕虫和蛇。当我清醒过来去看那另外一个人时，发现他的两眼正死死地盯住壁炉里的灰烬不放，只见他双手握拳撑着下巴，完全陷入迷醉和狂热之中。

"我现在得走了。"我小声说道。

"好的，那您就走吧。再见！"

他没有起身，又由于台灯也被关掉了，所以我只得硬着头皮，一路摸索着穿过那间漆黑的屋子，还有那些漆黑一团的过道和楼梯，费了好大的劲儿才总算是走出了这栋中了魔法的老楼。来到大街上的我停下脚步，抬眼去看这栋老楼。只见楼里没有一扇窗户里是亮着灯的。只有一块小小的黄铜牌子在楼前的煤气路灯照射下闪着幽光。

"皮斯托利乌斯，大牧师。"我念出牌子上的字。

直至回到家里，当我吃完晚饭独自坐在我自己的小屋里时，我这才想起，我既没有获悉有关阿布拉克萨斯的消息，也没有获悉多少有关皮斯托利乌斯的消息，我们总共没有说上几句话。但我对自己去他家造访还是非常满意的。而且，他还许诺我下一次会让我听一段特别优秀的管风琴古乐，即布克斯特胡德[1]的一首巴沙卡里耶舞曲[2]。

我并不知道，这位叫作皮斯托利乌斯的管风琴师，就是他，在我和他一起躺在壁炉前，躺在他那阴暗的隐庐的地上时，给我上了第一课。这种对火的观赏于我有益，这强化和证实了我内心的种种倾向，这些倾向我一直都有，但却从未对其进行过真正的呵护。渐渐地，我开始变得对此有些明白了。

早在我还是一个小孩子的时候，我就已经有了这种偏好，即去静观奇形怪状的自然，不是去观察，而是沉迷其自身的魔力，沉迷其杂乱无章的深邃语言。长长的木质化的树根，岩石里五颜六色的纹理，漂浮在水面上的油污，玻璃上的裂缝——所有类似之物在那段时间里都对我施展巨大魔力，首先还是水和火，烟雾、云彩、灰尘，特别特别是每当我闭起眼睛时我所看见的那些旋转着的色块。凡此种种，在我第一次拜访皮斯托利乌斯之后的那些日子里，又重新开始回到我的记忆之中。因为我发觉，一种确定的强化和喜悦，一种发自我自身的对于我的情感的提升，这些我只能归功于那次长时间的凝视，凝视那股坦诚之火。奇怪得

① 迪特里希·布克斯特胡德（1637—1707）：德国作曲家和管风琴大师，对约翰·塞巴斯蒂安·巴赫产生过重要影响。

② 出自17世纪意大利的一种四三拍民间慢步舞，后也成为一种动机在低音部反复再现的音乐形式。

很，这样做令人感到特别舒服，特别充实！

到目前为止，我在通往我真正生活目标的道路上找到了些许体验，现在又有下面这个新的体验加入到了这为数不多的体验之列：观察这些产物，沉湎于种种非理性的、混乱的、奇特的自然形式，会在我们心中制造一种我们的内在和那个让这些产物形成的意志是一致的感觉——我们马上就会感受到那份诱惑，从而把这些产物看作我们自己的情绪，看作我们自己的杰作，我们看见我们和自然之间的界限在颤抖和溶化，我们认识到一种心境，处在这种心境中的我们不知道我们视网膜上的图像是来自外在印象还是来自内在印象。从没有哪种修炼能如此这般，让我们简单和轻松地发现我们是多么资深的造物主，我们的灵魂是多么积极地在始终参与着这持久的对世界的创造。其实，在我们身上和在自然中发生着作用的不如说就是这同一种不可分割的神性，假使外在世界摇摇欲坠，我们当中的一个人也有能力把它重新建设起来，因为山脉和河流，树木和叶子，根须和花朵，自然中已经形成的万事万物，都已在我们的身上预先设定，都来自灵魂，永恒是这个灵魂的本质，这个灵魂的本质我们虽然并不熟悉，但这个灵魂的本质却大多以爱之力和创造力的形式让我们对其进行感受。

直到一些年后，我才在一本书里找到对这种观察的确认，也就是在列奥纳多·达·芬奇[1]那里，他曾经对一堵被众人唾弃的墙发表这样的言论：观看这样的一堵墙所获得的启发是多么的好，多么的深刻！他面对这堵湿墙上那一块块污渍时的感受同皮斯托利乌斯与我面对炉火时的感受是一模一样的。

待我们下次见面时，这位管风琴演奏者给了我一个解释。

"我们对自我个性所划的界限总是太过狭窄！我们始终只把我们识别为个体差异、识别为偏离的东西算作我们本人。但我们却是由世界的全部东西所构成，我们每个人，就跟我们的身体一样，自身都承载着直至鱼的时期甚至往前回溯得更远更远的发展谱系，如此一来，我们的灵魂中就拥有着曾经在人类灵魂中活过的所有的一切。所有曾经存在过的神明和魔鬼，无论是在希腊人和中国人那里，还是在祖鲁人、卡斐人那里，全都同时存在于我们身上，全都在那儿，作为可能性，作为愿望，作为出路。假如人类死光，只剩下唯一一个还算有些天分的孩子，这个孩子也没有上过任何课程，那么，这个孩子就会重新发现事物的整个进程，就会有能力重新制造各种神明、恶魔、天堂、信条、禁令、《旧约》和《新约》，就会有能力重新制造所有的一切。"

"那好，"我表示反对道，"但这样一来单个个体的价值何在？

---

① 列奥纳多·达·芬奇（1452—1519）：意大利著名画家、雕刻家、建筑工程师、科学家和博物学家，与拉斐尔、米开朗琪罗并称文艺复兴三杰，《蒙娜丽莎》《最后的晚餐》《岩间圣母》等是他的绘画杰作。

如果所有的一切在我们身上已经有了现成的，那我们为什么还要奋斗追求？”

“住嘴！”皮斯托利乌斯大声喊道，“纯粹只是您身上承载着世界，还是您知道您身上承载着世界，这里的区别大着呢！一个疯子可以提出和柏拉图近似的思想，一个小小的、虔诚的亨胡特[①]学院的学童也会创造性地思考深邃神秘的出现在诺斯替教派信徒或琐罗亚斯德[②]那里的关联。但他却对此一无所知！只要他不知道这一点，他就是一棵树或者一块石头，充其量也就是一个动物。然而，当有一天这种认识的第一个火花开始闪现时，待到那时，他就成为人。您是不会把大街上走着的所有两条腿的都当作人吧，仅仅就因为他们直立行走和怀胎十月吗？您好好瞧瞧，他们之中有多少人是鱼，或是绵羊、蠕虫、刺猬，又有多少是蚂蚁，又有多少是蜜蜂！好吧，在你们每个人身上都有着成为人的可能性，但是，通过你们每个人都预感到这些可能性，通过你们每个人都学会让这些可能性中的一部分甚至能被自觉地意识到，只有这样，这些可能性才属于你们每个人。”

我们的谈话大约就是这种性质。这些谈话极少带给我某种全新的东西，某种特别令人吃惊的东西。不过所有的谈话，即便是最平庸的，全都持续不断地锤击在我身上，所有的谈话全都在帮

① 亨胡特兄弟会是基督教的一个教派。

② 古代伊朗先知，琐罗亚斯德教（又称拜火教）创始人。

助我成长，全都在帮助我一层一层地脱去身上的皮，啄碎一个又一个蛋壳，而每一次谈话之后，我的头就会抬得更高一些，就会变得更加自由一点，直至我那黄色的鸟儿从那被捣毁的世界之壳中奋力伸出美丽的猛禽头来。

我们频繁地讲述着我们的梦。皮斯托利乌斯善于对这些梦进行诠释。我现在正好想起一个神奇的例子。我当时做过一个梦，在这个梦中我能够飞翔，但这种飞翔却是我某种程度上被一股强大的为我所不能控制的推动力抛到空中的结果。这种放飞的感觉是令人振奋的，但很快就变成了恐惧，我发现自己毫无主见地被拉拽到危险的高空。就在这个当口，我有了一个如释重负的发现：我可以通过屏住呼吸和让呼吸流动来调节我的上升和下降。

对此，皮斯托利乌斯是这样说的："那股让您飞翔的推动力，是我们人类的伟大财产，我们每个人都拥有它。那是和一切力量之根不可分离的感觉，但与此同时你会很快因此而变得胆怯！那相当危险！所以绝大多数人实在是太乐意放弃这种飞翔而更喜欢遵纪守法地跑到人行道上去徜徉了。但您不是。您会拿出一个能干小伙儿该有的样子，您会继续飞翔。看哪，就在这时您发现了那神奇之法，您逐渐地控制住局面，而在带走您的那股巨大的普遍的力量之外，另外还有一股细小的自身力量，一个器官，一把方向舵！这真是顶呱呱。假如没有这个的话，你就会毫无主见地在空中飘荡，比如疯子们就会这样做。他们被赋予了比人行道上的那些人更为深刻的预感，但他们没有钥匙，也没有方向舵，于是他们呼啸着跌落深渊。但是您，辛克莱，您是真的在做事！好极了，请吧。难道您对此一点都不清楚吗？您是在用一个新的器官，在用一种气息调节器做这事儿。您现在能够看到，您的灵魂深处是多么的缺少‘个性’。也就是说它并未发明这个调节器！这个调节器不是新东西！它是一种借用，并存在了数千年。它是鱼儿们的平衡器官，是鱼鳔。事实上今天的确还有着为数不多的几种罕见而保守的鱼类，在它们身上，鱼鳔同时也是一种肺，在一些情况下也能够用于呼吸。所以呢，也就跟您在梦中作为飞行员之鳔来使用的肺不差毫厘！”

他甚至给我带来一本动物学，把那些过时的鱼儿的名称和插图指给我看。而我怀着一种惊恐，也感知到了一种来自进化早期的功能。

第六章　雅各的搏斗

那位奇怪的音乐家皮斯托利乌斯，我从他那里所获悉的有关阿布拉克萨斯的情况，已无法用三言两语复述出来。但我在他那里学习到的最重要的东西却是：我在通往自己的道路上又向前迈进了一步。我那时大约十八岁，是一个不同常人的小青年，在很多很多事情上很超前很早熟，但在另外很多事情上又很落后无助。当我不时把自己和别人做比较时，我经常是一种骄傲和自以为是的心态，但同样也经常会感到沮丧和屈辱。我经常视自己为天才，也经常把自己当作半个疯子来看待。与同龄人一起同喜同乐同生活，我做不到，我经常用责备和担忧折磨自己，仿佛我已经不可救药地和他们隔离，仿佛生活的大门已经对我关上。

皮斯托利乌斯本人虽然是个发育充分的怪物，却教导我始终要勇于直面我自己，要尊重自己。他会从我的言语，从我的梦中，从我的想象和想法中，不断发现宝贵之处，不断对其予以重视并进行严肃的评论，他以此为我树立了榜样。

“您跟我讲过的，”他说道，“您之所以喜欢音乐，是因为音乐不搞道德说教。我没意见。但您自己也必须不是个道德主义者才行！您不可以拿自己和别人做比较，如果自然把您造成蝙蝠，那您就不可以指望把自己变成鸵鸟。您有时会认为自己很奇怪，您责备自己走上与绝大多数人不同的道路。这一点您必须学会遗忘。您要去观火，您要去看云，一旦来了预感，一旦您灵魂之中的那些声音开始说话，您就要让自己彻底倾心于它们，您可千万别一开口就问，这对教师先生或对父亲大人抑或是某个亲爱的神明而言，是不是称他们的心、如他们的意！这样的话你就会毁了自己。这样的话你就会走上市民的人行道，就会变成一块化石。亲爱的辛克莱，我们的神明叫作阿布拉克萨斯，他既是上帝，又是撒旦，他集光明的世界与黑暗的世界于一体。对您所有的想法，所有的梦，阿布拉克萨斯都不会提出什么异议。您永远不要忘记这一点。但是，如果您有一天变得无可挑剔和正常，那他就会离您而去。那样的话，他就会离开您而去寻找一口新的锅，以便在其中煮熟他的思想。”

在我做的所有的梦中，最最珍贵的莫过于那个模模糊糊的爱之梦。我经常做这个梦，我头顶着那只徽章鸟走进我们的老楼，本想把母亲拉进怀中，实际抱住不放的却不是她，而是那个高大的、半男半女的婆娘，我既害怕这个婆娘，却又欲罢不能，那种炽烈的渴望将我拉向她的怀抱。然而，我始终没有办法向我的这位朋友讲述这个梦。其余的一切我都向他吐露过了，唯有它被我扣下。它是我的角落，我的秘密，我的避难所。

当我心情压抑的时候，我就请求皮斯托利乌斯，要他给我弹奏布克斯特胡德的那首巴沙卡里耶舞曲。那样的话，我就会坐在那座傍晚时分昏暗的教堂里，醉心于那奇特的、真挚的、独一无二的音乐，那音乐每次都令我感到愉悦，都会让我更愿意去承认灵魂之音的魅力。

偶尔，在管风琴声消失之后，我们也会继续坐在教堂里，看那微弱的灯光照射过高高的尖拱窗，直至沉入忘我之境。

“听上去很滑稽吧，”皮斯托利乌斯说道，“我居然学过神学，而且差一点就当上牧师了。但我在这个过程中所犯的只是一种形式上的错误。当上教士，这才是我的职业和我的目标。只是我满意得太早，在知道有个阿布拉克萨斯之前，我就已经让自己效力于耶和华了。啊呀，不管是哪一种，只要是宗教就很好。宗教是灵魂，无论你是要一顿基督教的圣餐，还是要去麦加朝圣，全都一个样。”

“那样的话，”我说道，“您其实是能够当上牧师的呀。”

“不，辛克莱，不。那样的话我就不得不说谎了。我们宗教的从事的方式，就仿佛它不是宗教似的。它装出一副理智的样子。万不得已的时候我可能会做个天主教徒，但是抗罗宗的教士——不做！那三两个真正的信徒——我认识那么几个——喜欢照本宣科，有些话我是不会去跟他们说的，比如耶稣基督在我看来并不是一个人，而是一个英雄，一个神话，一个非凡的剪影，通过这个剪影，人类看到自己被描画到了永恒之墙上。至于其他那些人，他们去教堂是为了听到聪明字眼，是为了尽义务，是为了什么都不耽误等等。是的，对于这些人，我又该跟他们说什么呢？让他们改变信仰，这是您的意思？但我根本不愿意这样做。教士无意让人改变信仰，他只愿意生活在信徒当中，生活在与他志同道合的人当中。我们制造我们的神明是出于什么情感，他就愿意是这种情感的载体和表达。”

他停顿了一下。随后他又继续说道：“我们的信仰很好，我亲爱的朋友，我们现在为它选择了阿布拉克萨斯这个名字。它是我们所能拥有的最美好的东西。但它还是一个婴儿！它的一双翅膀还没有长成。啊呀，一种孤独的宗教，但这还不算梦想成真。它必须成为共有，它必须拥有祭礼和迷醉，节日和秘密仪式……”

他开始沉思，最后全然忘记了外界的存在。

“一个人或许在最小的圈子里不是也可以举办秘密仪式吗？”我犹豫地问道。

“当然可以了，”他点头道，“我早就这样办了。我办过的祭礼，要是被人知道了，我肯定得坐上几年牢。但是我知道，那还不算正宗。”

突然，他拍起我的肩膀来。“小子，”他带着告诫的口吻说道，“您也有秘密仪式。我知道，您肯定还有些梦并未告诉我。我并不想知道它们。但我要告诉您的是：您要去和它们一起过，这些梦，您要把玩它们，您要为它们建造祭坛。这还不算完美，但却是一条路。我们，您和我，还有其他几个人，是否有朝一日会给世界带来革新，这个日后自有定论。但在我们内部，我们却必须每天对其进行革新，否则我们只会一事无成。您心里要想着这件事！您十八岁了，辛克莱，您不去找站街的妓女，您肯定梦想着爱情，渴望着爱情。也许这些爱情的美梦和渴望让您感到害怕。请您不要害怕！它们是您所拥有的最美好的东西。您尽管相信我好了。我失去了很多，因为我在您这样的年龄强奸了爱情之梦。其实大可不必这样。如果一个人知道有阿布拉克萨斯，那他就不会再如此行事。一个人不可以凡事都畏缩不前，也不可以把我们灵魂深处的渴望一概视为禁果。”

我惊恐地表示反对：“但一个人不可能去做他想得起来的所有事情啊！你也不可以因为你不喜欢一个人就去杀死这个人。”

他把位置向我挪近一些。

“有些时候一个人也是可以这样去做的。只是大多数情况下会产生误会。我也不是说，您就应当去做您想得起来的所有事情。不是的，这些冒出来的念头自有其意义，但您如果驱散它们，围绕着它们搞道德说教，那您就会因此而伤害它们，这是您不该做的。不把自己或另外一个人钉到十字架上，我们就可以一边怀揣着庄严思想用高脚杯喝葡萄酒，一边琢磨献祭的神秘仪式。即便没有这些行为，我们也可以用尊重和爱来对待我们的性欲和所谓的种种诱惑。那样的话，这些性欲和诱惑就会显示其意义，它们全都有意义。——如果您又一次冒出相当疯狂或罪孽的念头来，辛克莱，如果您想杀死什么人或是想干下什么特别出格的卑鄙勾当，那样的话，您立马就要在您的脑海里想到，这正是那个阿布拉克萨斯在您身上突发的奇想。而您想置其于死地的那个人，也绝不是叫着这个人名字的那位先生，他显然只是一个外壳。如果我们恨一个人，那么我们恨的其实是包裹在他那副面具里面的东西，而那个东西就驻扎在我们自己身上。不存在于我们自己身上的东西，就不会刺激我们产生如此强烈的反应。”

皮斯托利乌斯之前还从未对我说过如此能击中我内心深处最为隐秘之处的话。我不知如何回答是好。不过，最为强烈和最为触动我的地方却是他的这些劝慰和我多年来念念不忘的德米安的话语完全一致，如出一辙。他们彼此一无所知，但两人告诉给我的却是同样的事情。

“我们所看到的东西，”皮斯托利乌斯小声说道，“和存在于我们心中的是同样的东西。除了存在于我们心中的真实便再无任何真实。故而，绝大多数人之所以都如此不真实地生活着，就是因为他们把外在的图像当作真实，而根本不让他们内心那个本来的世界发出声音。就这样活着也可以很幸福。但是，一旦你有朝一日知道了另一个，你就再也不会去选择绝大多数人所走的路。

辛克莱，绝大多数人所走的路是轻松的，我们的路却是艰难的——我们愿意走下去。”

过了几天，在我等了两次都没有等到他之后，我于晚上九、十点的样子在大街上碰到他，只见他孤零零地被寒冷的夜风从一个拐角处给刮了过来，踉踉跄跄地走着，整个人完全喝醉了。我没能开口喊他。他从我身边走过，也没有看我一眼，自顾自地出神凝望前方，两眼通红，满含孤独，仿佛在听从那个陌生之人隐隐约约的呼唤。我跟着他走了有一条街的路，他好像被一根看不见的线牵着似的走哪儿算哪儿，步履狂热而杂乱，犹如一个幽灵。我哀伤地返回家中，和我的那些无可救药的梦为伴。

“他现在就这样革新着那个内在于他的世界。”我一边想，一边感到这个想法既庸俗又充满道德说教。我又怎么会知道他的那些梦？也许陷入迷醉状态的他所走的这条路比惶惶不可终日的我所走的路还要更加保险一些。

课间休息的时候，我偶尔注意到，有个我从来没拿正眼瞧过的同学正在找机会接近我。那是一个矮个儿，看上去弱不禁风的、瘦削的毛头小子，头发很稀疏，呈金红色，眼神和举止都有点怪里怪气。一天傍晚，在我回家时，他就暗自躲在胡同里窥探我，我从他边上走过他也不动，待我走出几步去，他才又在后面跟着我走，直到走到我们家门口，方才停下脚步来。

“你找我有什么事吗？”我问道。

“我只想和你说一下话。”他怯生生地说道。

“请你行行好，跟我来一下。”

我跟着他走，我感到他激动万分，充满期待。他的双手在颤抖。

“你是相信鬼神的唯灵论[①]者吗？”他突然出其不意地问道。

“不是的，克瑙尔，”我大笑着说道，“一点儿也不是。你怎么会这样想？”

“那你就是通神论[②]者了？”

“也不是的。”

“哎呀，你别这样藏着掖着了！我的感觉很灵敏的，我觉得你有些特别。这从你的眼神里就可以看得出来。我确信，你在和妖魔鬼怪交往。我并不是出于好奇才问的，辛克莱，不是的！你要知道，我自己就一直在不停地寻找，我太孤单了。”

“只管说来听听看！”我开始鼓动他。“我虽然对妖魔鬼怪一无所知，但我活在自己的梦里，这一点你已经感觉到了。其他的人也活在梦里，但却不是活在他们自己的梦里，这就是区别所在。”

“是的，或许就是这样的，”他悄声说道，“重要的是我们每个

① 1900年前后流行的一种宗教学说，相信人死后灵魂继续存在，活着的人可以通过一种媒介与之进行交往。

② 通神论又称见神论、接神论或神智学，一种宗教流派，意图通过默念或默想式接触上帝的方法来认识世界的建构和世界大事的意义。

人活在其中的这些梦都是什么性质——你听说过白色魔法[①]吗？”

我不得不予以否认。

“这就是，当一个人学习对自己进行控制时，一个人可以长生不死，也可以会法术。你从来就没有进行过诸如此类的修炼吗？”

见我好奇地向他打听这些修炼，他先是做出一副神秘兮兮的样子，直到见我转身要走，这才松口。

“比如，当我想要入睡或者是也想要集中注意力的时候，我就会练一次这样的功。我在心里随便想着某个东西，比如一个单词或者是一个名字，又或者是一个几何图形。尽我所能地拼命地想，想它正在进入我的心里，我试着想象它就在我的脑袋里面，直到我觉得它就在里面为止。然后，我又想它正在进入我的咽喉，诸如此类，等等，直到我整个人完全被这些想象占满。这样一来，我就会特别坚定，特别平静，再也没有什么东西能够破坏我的这种状态了。”

我大概有点明白他所说的是什么意思了。但我依旧觉得，他心里还装着别的事，因为他整个人显得极其不安和慌张。于是我安慰他，让他能够轻松发问，他很快便和盘托出他真正的关切。

“你也是清心寡欲的吧？”他怯生生地问我道。

---

① 白色魔法指的是能够带来诸如幸运、福祉乃至拯救等各种裨益的法术，是与恶毒的、不祥的“黑色魔法”相对的一个概念。

“你这话是什么意思？你指的是性方面的事？”

“是的，是的。我到现在为止，自打知道这个学说起，我已经节欲两年了。你可知道，我之前一直在胡搞[①]——你难道从没和一个女人在一起过吗？”

“是的，”我说道，“我还没有找到适合我的女人。”

“不过，假使你找到那个你所认为的适合你的女人，那你就会和她睡觉吗？”

“会的，当然会——如果她不反对的话。”我略带嘲讽地说道。

“哦，那你可就走上邪路了。一个人，只有当他彻底节欲，并且一直坚持这样，他才能练就出自身的内在力量。我就是这样做的，做了有两年之久了。两年外加一个月出头。真的是太难做到了！有时我都差点恨不得放弃算了。”

“克瑙尔，你可听好了，你把节欲说得如此重要，我并不这样认为。”

“我知道，”他回击道，“人人都会这样说。但我没有料到你也会这样说。谁要走高级一些的精神之路，谁就必须无条件地保持纯洁！”

“好呀，那你就去做吧！但我不明白，为什么一个压抑其性欲的人就应当比别的什么人‘更纯洁’。莫非你能够把性的东西从所有的想法和梦中剔除出去不成？”他用绝望的眼神看着我。

① 这里指的是手淫。

“不，恰恰不能！主啊，可又必须如此。我在夜里做的那些梦，我甚至都对我自己难以启齿！可怕之极的梦啊！”

我于是想起皮斯托利乌斯之前对我说过的话。但是，无论我觉得他的话是多么正确，我却无法转告他的这些话，我也无法给出一个建议，因为这个建议并非出自我的自身体验，而且我觉得自己也还不能按照这个建议行事。我开始沉默不语，我感到耻辱，因为现在有人跑来找我拿主意，我却没有任何主意可以给他。

“我什么都试过了！”克瑙尔在我身旁抱怨道。“一个人可以做的我都做了，用冷水，用雪，练体操，练跑步，但全都无济于事。每天夜里我都会从梦中惊醒，尽是些我现在想都不敢去想的梦。可怕的是：由于这些梦，我之前在精神方面所取得的修炼又重新一点一点地被我抛到脑后去了。我几乎再也无法集中注意力，要不就是无法入眠，我常常整夜不能合眼。长此以往，我会忍受不了的。如果我最终不能进行这种抗争，如果我让步，令自己重又变得不纯洁起来，那样的话，我就会比其他所有从未抗争过的人更糟糕。这一点你可明白？”

我虽点着头，却不知对此说什么才好。他开始让我感到乏味，他的困境和绝望一目了然，但我竟然无动于衷，我被这样的自己吓了一跳。我的感觉只是：我帮不到他。

“你对我真的就无可奉告吗？”最后，他精疲力竭、伤心地说道。“真的就无可奉告吗？肯定会有一条路的！你到底是怎么做的？”

“我不能对你说点什么，克瑙尔。在这种问题上是无法相互帮助的。也没有什么人帮助过我。你必须意识到你自己，然后你就去做那真正出自你本性的事情。唯有如此，别无他法。我认为，如果你不能找到你自己，那么，你也不会找到什么妖魔鬼怪。”

这个小家伙变得失望，突然开始沉默不语起来，与此同时，他拿眼睛看着我。随后，他的目光中射出突如其来的恨意。他冲我扮了一个鬼脸，气急败坏地喊道：“哎呀，你在我眼里就是一个美丽的圣徒！你也有你的恶习，这我是知道的！你装出一副智者的模样，而背地里你却如我和所有人一般眷恋那同样的龌龊！你和我一样，是一个下流坯！一个下流坯！我们所有人全都是下流坯！”

我抬脚就走，扔下他一个人站在那里。他先是跟着我走了两三步，随后他便不再往前走，而是转身跑开了。一种油然而生的同情与厌恶令我很不舒服，这感觉挥之不去，直到我回到家中自己的小窝为止。在这里，置身于几张照片之中的我，怀着极度真挚炽烈的渴望，全然沉浸于我自己的梦乡。这时，我的那个梦立马又出现了，我梦见小楼的楼门和徽章，梦见母亲和那个陌生的女人，我还异常清晰地看见了这个女人的面部表情，故而我当晚就着手开始描画她的样子。

几天后这张素描完成了，在那个梦幻般的十几分钟里我无意识走近它，晚上我把它悬挂在我的墙上，把台灯挪到它跟前，站在它面前就像站在一个我不得不与之展开生死决斗的精灵面前。这是一张与从前的那个人，与我的朋友德米安很相像的脸，有些表情也和我自己很相像。引人注目的是，这张脸上的一只眼，其位置明显高于另一只眼，从中射出的目光越过我的头顶，凝视前方，饱含沉思，充满命运的玄机。

我站在它面前，精神紧张而疲惫，整个人只觉得心里凉了半截。我诘问这幅画，我抱怨它，我爱抚它，我向它祈祷；我叫它母亲，我叫它情人，叫它婊子和娼妓，叫它阿布拉克萨斯。其间我也想起皮斯托利乌斯——抑或德米安？——的话；虽然我已记不得这些话是什么时候说的了，但我自认为又听见了这些话。这些话说的都是雅各与上帝派来的天使的搏斗，以及那句“你不给我祝福，我就不容你去”[①]。

这张被画出来的脸在灯光的照射下随着每一次呼唤而改变。它时而变得明亮耀眼，时而又变得昏暗阴森，时而合上那双死鱼眼睛上面的苍白眼皮，时而又睁开它们，闪烁出热情的光芒，它是女人，是男人，是姑娘，是一个小孩子，是一只动物，它时而模糊成一个斑点，时而又变得硕大而清晰。最终，我服从于内心的一声强烈呼唤，闭上双眼，从内部去看我心里的这幅画，更强烈、更震撼。我很想在它面前跪下来，我内心深处全是这个念头，

① 语出《圣经·创世记》第 32 章第 27 节。

以至于我再也不能将它与我区分开来，仿佛它已经变成了纯粹的我似的。

这时，我听见一声含混低沉的、犹如发自春天的风暴的呼啸，一种恐惧和体验参半的难以言表的全新感觉将我一把攫住，我整个人开始颤抖起来。繁星点点，在我的眼前时而闪现时而消失，对人之初的、早被忘到脑后的孩提时代的回忆，甚至是对预先的生存及形成的早期阶段[①]的追忆，全都密密麻麻地从我的身边蜂拥而过。然而，这些在我看来似乎是重复着我全部生活直至其最隐秘之处的回忆，它们却没有随着昨天和今天的消逝而消逝，反倒是一路向前，反射出未来，将我一把拽离今天，拽入新的生活方式，这些新活法的图景尽管无比明亮、无比扎眼，但事后我却想不起它们当中的任何一个来。

夜里，我从沉睡中醒来，我是和衣而睡，整个人横躺在床上。我点上灯，我觉得必须对重要事情有所意识，之前的几个小时被忘得一干二净。我点上灯，一点一点地回忆起来。我去找那幅画，它不再挂在墙上，也没放在桌上。这时，我开始模糊地意识到是我把它给烧了。我把它捧在手中烧掉，而后又把灰烬吃掉，莫非这也是曾经做过的一个梦？

一股巨大的抽搐推动着不安的我。我戴上帽子，穿过小楼和

① 心理学家荣格认为，无意识不仅包含着个体的内容，同时也包含着集体的内容。这些内容都来源于人类的种系发生史，也就是所谓的原型象征。

巷子，仿佛被什么强迫着，不停地跑啊跑，穿过一条条街道，跑上一块块场地，好像是被大风刮的似的，跑到我朋友所在的那座阴暗的教堂偷听，被莫名的欲望支使着，四处寻找，却不知道要找什么。我在城郊的一个地方穿梭，这里有几家妓院，妓院里时不时地亮着灯。从这里再往外去的远郊伫立着一栋栋新建筑和一堆堆砖瓦，其中一部分还被灰白的雪所覆盖。

我承受着一股莫名的压力，我跟梦游似的在这片荒郊野外游荡，就在这时，我想起来了，这就是那栋故乡小城的新建筑，当年那个欺负我的柯洛墨就是把我拉进这里对我进行第一次清算的。现在，在这里，在这朦胧的夜色里，一栋相似的建筑矗立在我面前，它那黑乎乎的门洞向我张开大口。它拉我进去，我本想避开，却被沙子和瓦砾绊倒。那种渴望更强烈一些，我非要进去不可。我摇摇晃晃地走过木板和破砖块，进到一间荒凉的屋子，屋里阴阴地散发出湿冷和石头的气味。除了一堆沙子堆在那里形成一个灰白的亮点之外，其余全是一片黑暗。

这时，有一个声音在吃惊地喊我："哎呀，天哪，辛克莱，你这是打哪儿来的呀？"

接着，在我的身边，从黑暗之中立起一个人来，一个又小又瘦的家伙，如同幽灵一般，我只觉得毛骨悚然，我认出来了，那是我的同学克瑙尔。

"你怎么会来这儿的呢？"他问道，整个人激动得不知所措。

“你是用什么办法找到我的呢？”

我感到不解。

“我没有找过你。”我恍恍惚惚地说道；每一个字都令我难以启齿，我的嘴唇死寂、沉重，宛如冻僵一般，每一个字都是艰难地从我的嘴里挤出来的。

他目不转睛地看着我。

“没有找过我？”

“没有。不由自主地就来了。你叫过我吗？你肯定叫过我。你又在这里干什么呢？深更半夜的。”

他用他那一双细细的胳膊使劲地搂住我。

“是的，深更半夜。肯定过一会儿就天亮了。哦，辛克莱，你竟然没有忘记我！那你到底能不能够原谅我啊？”

“原谅你什么呢？”

“唉，我曾经是那样的丑恶！”

直到现在我才想起我们之间的谈话。这不就是四五天前的事吗？我却觉得已经过了一辈子似的。不过，我现在什么都想起来了。不仅我们之间发生过的事情想起来了，就连我为什么跑到这里，以及克瑙尔跑到这荒郊野外想干什么，我也都想起来了。

“你原本是要自杀的吗，克瑙尔？”

他因为寒冷和恐惧而直打寒战。

“是的，我本来是这样打算的。但是否真的能够做到，我并不知道。我原本打算等到天亮再说。”

我把他拉到外面的空地上。白天第一批水平的光线在灰蒙蒙的空中冷若冰霜地、兴味索然地闪现。

我挽着这小子的胳膊走了有一段路。我心里有个声音在说：“你现在赶紧回家，不要告诉任何人！你之前走的是错误的道路，错误的道路！我们也不是你所认为的下流坯。我们是人。我们制造各种神明，也和他们搏斗，他们还赐福于我们。”

我们默不作声地继续走路，然后各自走开。等我到家时，天已经亮了。

在学校的那段时间还带给我一个没齿难忘的东西，那便是和皮斯托利乌斯一起在管风琴边或者是在壁炉的炉火前度过的时辰。我们一块阅读一篇有关阿布拉克萨斯的希腊语文本，他把译自吠陀[①]的一些片段念给我听，还教我说那个神圣的“唵”[②]。然而，与其说对我的内在具有促进作用的是这些深奥的学识，不如说正好相反。不断向前发现自己，越来越相信自己的梦、想法和预感，还有对我自身所承载着的力量的越来越多的了解，这些才是给我

① 吠陀，印度最古老的宗教文献与文学作品的总称，其年代最远可以追溯到大约公元前 1250 年。

② “唵”又称“奥姆符”，具有宇宙及永恒的含义，最早出现在印度教经典中，在印度教里被认为是世界上所出现的第一个音。佛教也认为这是一个圣洁的音节，不少密宗咒语都以此开头。

带来裨益的东西。

我可以用任何方式与皮斯托利乌斯取得一致。我只消满脑子都去想他，这样他或者他的一声问候就会在我这里出现。我可以像问德米安一样，问他任何问题，而无须他本人在场；我只消坚定不移地去想象他，然后把我的问题作为密集的念想向他提出。如此一来，所有注入问题的灵魂力量就会作为答复返回到我的心中。只是我所想象的并不是皮斯托利乌斯本人，也不是德米安本人，而是那个被我梦见和画出的形象，是那个不男不女的梦中形象，也就是我情不自禁地呼唤着的我梦中保护神的形象。它现在不再只是活在我的梦中，也不再只是被画在纸上，而是活在我的心里，作为一种愿景，也作为对我自身的一种提升。

自杀未遂的克瑙尔和我建立起一种既特别又偶尔有些滑稽的关系。那天夜晚我对他而言好似从天而降，打那开始，他就像一个忠仆或一头忠犬那样依恋我，变着法儿地让他的生活和我的紧密相连，对我言听计从。他带着稀奇古怪的问题和愿望跑来找我，要去见各种妖魔鬼怪，要去学犹太教的神秘教义，而当我信誓旦旦地向他保证，说我对所有这些东西一概不知或一概不懂时，他根本就不相信我。他坚信我拥有一切力量。不过，奇怪的是，他往往会在我心里的某个结正好需要被解开时跑到我这里来，问我一些奇怪和愚蠢的问题，而他那些情绪化的突发奇想和关切往往又带给我解开心结的提示和推动。我常常觉得他是个累赘，会颐指气使地把他打发走，但我还是能够觉察到：他于我而言也好似从天而降，我给予他的东西也加倍地从他那里返还到我这里，他于我而言也是一位领路人，抑或说就是一条路。他给我搬来的那些书籍和著述都很棒，他在其中寻找他的福祉，这些书籍与著述教给我的东西要多于我眼下所能认识到的东西。

这位克瑙尔后来悄无声息地从我所走的这条路上消失。没有必要和他进行争论。但和皮斯托利乌斯则非常有必要。当我的学生时代行将结束之时，我和我的这位朋友还一起经历了一点奇特之事。

即便是和善的人，也免不了会在一生当中与那些涉及虔诚和感恩的美德发生那么一次或几次冲突。总有一天，每个人都不得不迈出这一步：与他的父亲脱离开来，与他的老师们脱离开来，每个人都不得不感受孤独的艰辛，即便绝大多数人对此很少能够承受，而且很快又会爬到某个地方躲藏起来。我的父母和他们的世界，也就是我美好童年所拥有的那个“明亮的”世界，我并不是以激烈斗争的方式与之分离，而是慢慢地，并且几乎是毫无觉察地一点点远离他们，一点一点地与他们变得生分起来。虽然这会令我感到难过，每次回乡探亲，便会给我带来苦涩；不过，我倒并不会往心里去，这还是在可以忍受的范围之内。

但是，在我们不是出于习惯，而是出于自身所特有的原动力来表示爱和敬畏的地方，在我们发自内心最深处地做过门徒和朋友的地方——在那里，当我们突然以为认识到下面这一点，即我们心中的那个先进的潮流正要偏离所爱的人，每当这时，就会出现一个苦涩而可怕的瞬间。在那里，任何拒绝这位朋友和师长的想法都会用毒刺刺入我们自己的心；在那里，任何抗拒都是在扇自己的耳光。在那里，自以为自身就已承载着一种有效道德的那个人，会遭到劈头盖脸而来的一大堆羞辱的叫喊和标记，落下“不忠”和“忘恩负义”之名，于是，这颗受到惊吓的心便会惶惶不安地重新逃进那亲爱的童年美德的山谷，却怎么也无法相信，即便是那里，他也必须与之一刀两断，即便是那根纽带也必须被剪断。

慢慢地，随着时间的推移，一种感觉在我心里开始进行反抗，不再无条件承认我的朋友皮斯托利乌斯是领路人。我在少年时代最最重要的那几个月里所经历的事情就是和他的友谊，他的建议，他的安慰，他的亲近，上帝通过他和我说话。在我看来，我的梦通过他的嘴回归，通过他的嘴得到澄清和诠释。他给了我走向我自己的勇气。唉，可现在我却感到对他的反抗在不断增加。我从他的话中听到太多太多的训导，我觉得，他只能完全理解我的一部分。

我们之间没有争吵，没有口角，没有决裂，甚至连算账都没有。我只跟他说了唯一一句其实是很和善的话，但说这话的节点恰好就是我们之间的一种幻觉开始瓦解为斑斓的碎片之时。

我对此早有预感，也被这种预感折磨了好一阵子，直到一个星期天，在他的那间古色古香的书斋里，这个预感终于变成清晰的感觉。我们躺在地上，躺在炉火前，他谈及各种秘密仪式和宗教形式，他正在研究它们，思量它们，全心全意地琢磨它们可能的未来。但我却觉得这一切与其说关乎生死存亡，不如说稀奇有趣。在我看来，他的这些做法太学究气了，跑到从前世界的废墟下翻寻，我只觉得一股疲惫的气息迎面扑来。于是，猛不丁地，我一下子就感到对整个这类东西的反感，我反感这种神话的图腾，反感这种马赛克[①]游戏及其传统的信仰形式。

“皮斯托利乌斯，”我突然开口说道，语气中带着一种猝不及防的、连我自己都感到吃惊和恐怖的恶毒，“您其实应该再跟我讲一个梦，一个您在夜里做过的真实的梦。您刚才说的这玩意儿太——太他妈的老掉牙了！”

他以前从未听过我这样说话，在话一出口的那个瞬间我羞耻而震惊地感到，这支由我射向他的箭，这支射中他心脏的箭，其实就是取自他自己的军械库——我之前偶尔听到他用嘲讽的口吻对自己进行自责，所以我这是在恶毒地把他以前的自责以更加尖锐的形式向他投射过去。

这一点他瞬间就感受到了，他随即变得沉默不语。我惴惴不

① 一般指墙或地面上用彩石或玻璃拼嵌成图案。

安地看着他，看着他的脸变得惨白。

经过了一段很长很艰难的休整之后，他一边给炉火添加新柴，一边轻声说道：“您说得很对，辛克莱，您是一个聪明的家伙。我今后不会再用这老掉牙的破玩意儿打扰您了。”

他的语气十分平静，但我还是听出了其中的震惊和痛苦。我这干的是什么事啊！

我的眼泪快要流出，我很想对他用心，我很想请求他的原谅，很想让他确信我的爱、我深情的谢意。动人的话语被我一一想起——可我就是无法说出口来。我躺着不动，观看炉火，一言不发。他也一言不发，我们就这样躺着，炉火慢慢变小，渐渐熄灭，随着火焰不再发出噼啪声响，我感到某种美好和真挚在渐渐燃尽，消散，一去不复返。

“我想，您恐怕误会我了。”我终于开口，我把声音压得很低，我的声音干巴、嘶哑。这些毫无意义的蠢话机械地从我嘴里蹦出，就好像我在念报纸上的长篇小说连载似的。

“我一点没有误会您，”皮斯托利乌斯小声说道，“您说得很对！”他停顿了一下。然后他继续缓慢地说道：“只要一个人能够当着另一个人的面说得对。”

不，不，一个声音在我心里喊，我说得不对！可我却一个字也说不出口来。我知道，那短短的一句话点到了一个本质性的嗜好，点到了他的困境和他的痛处。我触动的那个点肯定就是他自我怀疑之处。他的理想是“老掉牙了”，他是一个向后找寻的人，他是一个充满幻想的浪漫主义者。我突然深刻地感到：皮斯托利乌斯在我眼里曾经的形象以及他所给我的东西，恰恰是他不能在他自己眼里的样子以及不能给他自己的东西。他把我领上一条路，就连他这个领路人也必然要被这条路所超越和抛弃。

天知道，这样一句话是怎么想出来的！我真的是一点恶意都没有，哪曾想闯下如此之大祸。我说出来的那句话，自己在说它的时候却是浑然不知晓的，我当时只是被一个小小的、有点滑稽、有点阴险的念头所驱使，而这竟然成了命运。我不经意地干下了一桩鲁莽小事，可对他而言，这桩小事却成了审判。

哦，我当时是多么希望他生气，希望他为自己辩护，希望他对我大发雷霆啊！但他一样也没做，倒是我自己，在我心里情不自禁地把这每一样都给做了。假如他真能做到的话，他就露出微笑了。但他实际上没能做到，借此我可以特别清楚地知道，我是多么精准地击中了他的要害。

皮斯托利乌斯悄无声息地忍受着来自我——他的这位莽撞而忘恩负义的学生的打击，他默默地把正确留给我，他承认我的话是命运的安排，如此一来，他让我觉得我自己很可恨，他把我的轻率放大了千百倍。当出击时，我以为我会遇到一个善战的强者——却不想对手是一个安静的、逆来顺受的人，一个手无寸铁的人，一个一声不吭就举手投降的人。

我们在那渐渐熄灭的炉火前躺了很长时间，炉火里每一个发红的图案，每一根蜷曲的烧成灰烬的木棍，都在唤起我对幸福、美好、丰富时光的记忆，同时也让我对皮斯托利乌斯应尽义务的亏欠越积越多。最后我实在受不了了。我从地上爬起来，转身离开。我在他的门口站了很久，在昏暗的楼梯上站了很久，出门后还在这栋房子前等了很久，想看他是不是会跟在我后面出来。随后，我继续走路，我在城区和郊区、公园和树林间转了一个又一个小时，直到傍晚。也就是在那时，我第一次感受到我额头上的该隐标记。

只是，慢慢地，我开始思考。我的想法全都意图相同，即控诉我自己，同时为皮斯托利乌斯辩护。但所有想法的结果却适得其反。我无数次表示对我的莽撞言论感到后悔，愿意将其收回——这可都是真的，千真万确的呀。直到现在，我才得以理解皮斯托利乌斯，才得以在我的面前树立起他全部的梦想。这个梦想就是：做一个教士，向世人宣告那个新宗教，赋予奋起、爱和礼拜以新的形式，建立新的象征。但这却是他力所不能及，也不在他的职责范围之内。他太过热心地流连于过去，他对从前的了解太过精确，他对埃及、印度、密特拉[①]、阿布拉克萨斯知道得太多太多。

① 波斯神话中的光明之神，在公元 2 世纪成为罗马帝国备受崇拜的神祇，密特拉崇拜在相当长时间内与不断壮大的基督教构成有力竞争，在公元 3 世纪时则被后者超越。

他的爱是与地球已经见过的那些图景捆绑在一起的，而与此同时，他从内心深处恐怕也很清楚，这个新肯定是与众不同的新，它肯定是源自新鲜的土壤，而不是非要从收藏和图书之中去汲取。他的职责范围也许是帮助人们走向他们自己，就像他对我所做过的那样。而向他们提供闻所未闻之事，提供那些新神明，则不在他的职责范围之内。

而在这时，宛如一道烈焰突然把我照亮的则是下面这个认识：每个人都有一个“职责范围”，但却不允许任何人自己去选择、改写和任意掌管他的职责范围。想要新的神明，这是错误的，想要给世界随便一点什么，则是大错特错！寻找自身，在自身中变得坚强，向前摸索自己的路，不管这条路通向何方，清醒的人除了这个义务，再无其他任何义务——这给我带来极大震动，而这对我而言就是这一经历结出的果实。对于未来的图景，我已经频繁地进行过把玩，我已经梦想过各种可能分配到我头上的角色，也许当文学家，或者当预言家，或者当画家，或者随便当个什么。所有这些我全都不喜欢。我来到这个世上，不是为了舞文弄墨，不是为了发布预言，不是为了画画，我和其他任何一个人都不是为这些而生。这些都只是附带的结果。真正适合每一个人的职业就只有下面这一个：前往自身。他最终可能会当上文学家还是疯子，当上预言家还是罪犯——这都不是他的事业，是的，这最终都是无关紧要的。他的事业是：找到自身的命运，而不是随便的一个命运，在自己身上尽情体验它，完整而不间断地尽情体验。其余的一切都是不完整的，都在试图逃脱，逃回普罗大众的理想，都是适应和应对自己内心的恐惧。这幅新图景在我面前冉冉升起，恐怖而神圣，它曾经被无数次预感到，或许也已频繁地从我们的口中说出，但直到现在才算是真正体验到。我是自然的一次抛掷，一次方向不确定的抛掷，或许抛向新，或许抛向无，而让这种来自原始深渊的抛掷发挥作用，在我的身上感受其意志，使其完全成为我的，唯有这才是我的职业。唯有这！

我已经尝过很多孤独的滋味。现在我预感到，还有更深的孤独，而且这种孤独无法摆脱。

我没有尝试去和皮斯托利乌斯和解。我们依然是朋友，但关系却发生了变化。我们对此只进行过唯一一次谈论，或者说其实只有他是这样做的。他当时是这样说的："我的愿望是成为教士，这您是知道的。我本来最希望成为这个新宗教的教士，我们对这个教也有些预感。但我永远也不会当上这个教士——对于这一点，我现在很清楚，过去也早就很清楚，只是我没有让自己彻底承认罢了。将来，我会去做些别的教士工作，也许在管风琴上，也许是别的什么方式。但我必须始终置身于被我觉得是美好和神圣的事物当中，管风琴音乐和神秘仪式，象征和神话，我需要这些，我不愿意放弃它们——这就是我的嗜好。因为我有时很清楚，辛克莱，我偶尔很清楚，我其实不应该怀有这些愿望，它们就是奢侈和嗜好。要是我简简单单地为命运效劳，没有这些要求，那就会更伟大，那就会更正确了。但我不能做到这一点；这是我唯一不能做到的事情。或许您有朝一日能够做到这一点。这很难，这是这世上所有的唯一真正困难的事情，我的小老弟。我也常常在梦中梦到这个，但我却做不到，这会让我感到毛骨悚然：我不能就这样赤裸裸、孤零零地站着，我也是个软弱无力的可怜虫，我也需要一点温暖和饲料，偶尔也想感受一下同类的亲近。一个除了他的命运真的什么都不想要的人，休想再找到和他同样的人，他只能孤苦伶仃地站在那儿，环顾四周，也只有冷冰冰的太空与他做伴。您可知道，客西马尼园里的耶稣就是这样。这世上有过一些殉道者，他们甘愿被钉在十字架上，但他们也不是什么英雄，也没有得到解脱，他们也想要为人们所熟悉、喜爱，他们有榜样、有理想。而仅仅只想着要命运的人，是不会再有榜样和理想的了，所有的美好，所有的宽慰，都与他无缘！说实话，这才是一个人原本必须去走的路。像我和您这样的人的确是相当孤独的，但我们不管怎样还拥有彼此，我们有着属于我们的秘密满足：与众不同，反抗，想要不同凡响。然而，即便是这些，如果一个人想要完全去走上面那条路，那么，即便是这些也必须被去除。他也休想去当革命者，休想去当模范，休想去当殉道者。那是无法想象的……”

是的，那是无法想象的。但那却是可以梦见的，可以预先去感受的，可以去预感的。有几次，当我找到一个特别宁静的时辰，我就对此有了一些感觉。于是，我就去看我自己，去看我那幅命运之图上的一双瞪得大大的一动不动的眸子。它们可能充满睿智、充满疯癫，可能会射出爱，也可能射出深不可测的阴险，不管是什么，全都一样。这其中的任何东西，都不允许你去选择，任何东西，都不允许你去要。你只被允许去要自己，去要你自己的命运。作为领路人，皮斯托利乌斯领着我走了一段路，他把我领到了这里。

在那些天里，我漫无目标地四处游荡，我的心里狂风大作，每迈出一步都是危险。我只看见面前横亘着黑暗的深渊，所有迄今为止走过的路全都在经过这里的时候塌陷下去。而我则在我的内心看到了那个领路人的样子，他很像德米安，他的一双眼睛里写着我的命运。我在一张纸上写道："我被一个领路人抛弃。我完全处在黑暗之中。我不能独自迈开一步。救救我吧！"

我本想把这张字条给德米安寄去。但我还是将其扣下；每次，当我打算这样做时，这种做法都显得很幼稚、很荒唐。不过，我会背那句短短的祷告，我常常用心进行祈祷。这个祷告随时陪伴着我。对于什么是祷告，我开始有所感知了。

我的中学时代结束了。我应该利用假期出去旅游一下，这是我父亲的想法，之后我就应该去念大学了。去念什么系，这个我还没想好。我被批准念一学期哲学。对于除此之外的一切，我其实也应该感到同样满意才是。

第七章　夏娃夫人

假期里，我去了一趟德米安和他母亲数年前一起住过的房子。一个老太太在园子里散步，我走上前去和她搭讪，从她口里得知，她是这栋房子的主人。我向她打听德米安一家。她还清楚地记得这家人。但她并不清楚他们现在住在哪里。她觉察到我的兴趣所在，于是便拉我进屋，找出一个皮相册来，把德米安母亲的一张相片指给我看。在看照片之前，我几乎记不得她的样子。但当我现在看到这张小小的肖像之后，我的心跳快要停止。这就是我梦中的那个形象啊！就是她，高大的、近乎男性化的女人身材，跟她的儿子很像，表情里透着母性、严厉和强烈的情欲，美丽而高不可攀，魔鬼和母亲，命运和情人都是她！

当我得知我的梦中形象居然就生活在地球上时，我只觉得自己仿佛遇到了一个天大的奇迹！这世上有一个长如此模样的女人，她承载着我的命运特征！她在哪里？在哪里？而她就是德米安的母亲。

之后不久，我就开始了旅行。一次奇特的旅行！我马不停蹄地从一个地方跑到另一个地方，不放过任何一个念头，从始至终都在寻找这个女人。有些日子，我碰到的尽是外表和她相像的人，声音和她相像的人，这些跟她相似的人，引诱我跑进陌生城市的一条条胡同，跑到一座座火车站，登上一列列火车，仿佛是在错综复杂的梦中。另外又有些日子，我认识到我的选择是多么的徒劳无益；然后我就会无所事事地在某个公园，某个宾馆的花园，某个火车站的候车大厅里随便找个地方坐下，静观我的内心，同时试图激活我内心的那个形象。但它现在却已变得胆怯，稍纵即逝。我始终无法入睡，只在所乘坐的火车穿过不熟悉的风景时才会打个一二十分钟的盹儿。有一次，在苏黎世，我被一位女士跟踪，是一个漂亮的、有点放肆的女子。我几乎没去看她一眼，径直往前赶路，就当她是空气。我宁愿马上去死，也不会对另外一个女人产生哪怕只有一个小时的兴趣。

我感到我的命运在拽我，我感到圆梦时刻正在临近，我抓狂，我急不可耐，却又无能为力。曾经有一次在火车站，我现在认为，那应该是在因斯布鲁克[①]，我发现在一辆刚刚发车的火车靠窗户的位置上坐着一个让我觉得跟她很像的人儿，于是这一整天我都很难过。而且，这个人儿夜里又重新出现在我做的梦中，醒来时我感到羞愧和落寞，我意识到我的追逐毫无意义，于是直接打道回府。

几周后，我在 H 大学注册入学。我对一切感到失望。我选

① 今奥地利蒂罗尔州首府。

上的哲学史讲座和那些在大学里学习的小青年们的活动同样空洞，都同样是工厂批量生产的模式。一切均按常规办事，这个人跟那个人都做得一样，一张张孩子气的脸上洋溢着的兴高采烈看上去是那么空虚无聊，像是完全被买通了一般，着实令人沮丧！但我是自由的，我又将一整天的时间都留给我自己，我住在市郊年久失修的破屋里，宁静而美，我在我的桌子上放了几本尼采的书。我和他一起活，我能感到他灵魂的孤独，我能嗅到那不停地驱赶着他的命运的气味，我和他一起受苦，我感到极其快乐，这世上有过一个人，这个人毫不留情地走了他的路。

有一天，晚上七八点的时候，我在城里溜达。秋风刮起，伴着呼呼的风声，我听见大学生协会的歌声从那些个酒家里传来。一团团烟雾从开着的窗户里冒出，歌声一浪盖过一浪，嘹亮而有力，整齐划一，却不轻快，缺乏生机。

我站在一个街角倾听，青年人准时找乐子的欢声笑语从两个小酒馆里冲出，划破夜空。到处都是共同体，到处都是蹲在一起，到处都是命运的卸载和逃向温暖的随大流的亲近！

我身后有两个男人缓步走过。我听见了他们的一段对话。

“这不就跟黑人村庄里的男青年之家[1]一模一样吗？”其中

① 很多部落文化中都可见到的一种成年过程：快要成年的男性在一定时期内离开他们的父母，来到专门的房子里共同生活，在他们被允许成立自己的家庭之前，他们在这里举行男性成年仪式。

的一个说道。“什么都是对的，甚至连文身也算时髦。您瞧，这就是年轻的欧洲。”

这声音带着令人惊奇的警告，我听着耳熟。我跟在这俩身后，走进昏暗的胡同。其中的一个是日本人，矮小而优雅，在一盏路灯下，我看见他那黄皮肤的露出微笑的脸在发光。

这时俩人中的另外一个又开始说话。

“哎呀，在你们日本也不会好到哪里去。不随大流的人在哪里都很少见。即便是在这里，也有那么几个这样的人。”

每句话都令我感到惊喜。我对这位说话的人很熟悉。那是德米安。

在这刮着风的夜晚，我跟着他和那个日本人走过一条条昏暗的胡同，竖起耳朵倾听他们的交谈，享受着德米安发声时的音调。他的发声还是从前的口吻，还是从前的胸有成竹和平静如水，他的声音对我具有威力。现在一切都好了。我找到他了。

在城郊的一条路的尽头，日本人告辞，打开一栋小楼的门。德米安沿着原路返回，我则一直站在那条路上等他。我的心怦怦乱跳，我看见他向我迎面走来，身板挺直而富有弹性，身穿一件褐色的橡胶雨衣，手臂上挂着一根细细的手杖。他一路走来，步伐均匀，一直走到我的跟前，取下帽子，露出他那老成而敏锐的脸，他的嘴角含着坚定，宽阔的额头显得特别聪颖。

“德米安！”我喊道。

他伸出手来和我握手。

“原来是你呀，辛克莱！我已经料到会是你。”

“你怎么会知道我在这里？”

“我之前并不怎么知道你会在这里，但我之前肯定这样希望过。直到今天傍晚我才见到你，你可是一直在跟着我们呢。”

“这么说，你当时立马就知道是我了？”

“那是当然。虽然你已经有了很大变化。但你身上有那个标记。”

“那个标记？什么样的一个标记？”

“如果你还能记得起来的话，我们之前是把它叫作该隐的标记的。那是我们的标记。你身上一直都带有这个标记，因此我才成了你的朋友。不过，现在这个标记已经变得更加清晰了。”

“我之前不知道还有这个标记。或者说其实也是知道的。有一次，我画了一张你的画像，德米安，我很吃惊，这张画像怎么也和我很像。难道这就是那个标记吗？”

“这就是。你现在在这里，真好！我的母亲也会感到高兴的。”

我吓了一大跳。

“你的母亲？她在这里吗？她根本不认识我呀。”

“哦，她知道你的。即使我不告诉她你是谁，她也会认识你的——好久没有听到你的消息了。”

“哦，我多次打算写信来着，但却没有写成。最近以来我一直有种感觉，觉得我肯定用不了多久就会找到你。我每天都在等待着这一天的到来。”

他挽起我的一只胳膊和我一起往前走。沉静的气息从他身上散发出来，沁入我的心田。我们很快就跟从前一样聊了起来。我们回想起中学时光，回想起新教坚信礼课，也回想起当年在暑假里的那次并不愉快的相逢——但对最早把我们联系起来的那根最紧密的纽带，也就是和弗兰茨·柯洛墨有关的那件事，即便是现在也绝口不提。

不知不觉之间，我们便已全然沉浸在奇特而充满预感的交谈之中。我们操着跟之前德米安与那个日本人谈话类似的口吻，议论起了大学生活，然后又从这个话题过渡到似乎是十万八千里之外的其他事情；不过，这些看似风马牛不相及的话题却能够在德米安的口里结合为一个具有紧密关联的整体。他谈到欧洲精神，也谈到这个时代的标志。他说，处处都是拉帮结伙和畜群般随大流，自由和爱却无立锥之地。所有这些共同体，从大学生联合会到歌唱协会直至国家，都是一种强制性的构建，都是一种出于害怕、出于恐惧、出于尴尬而形成的集体，其内部都已破败老朽、摇摇欲坠。

“共同体，”德米安说道，“是一项美好的事业。但我们放眼望去的繁荣景象还根本不是什么共同体。它将重新形成，形成于个体之间的彼此相知，而且它将在一段时间之内对这个世界重新进行塑造。现存的与共同性沾边的东西不过是畜群般随大流罢了。这些人之所以逃向彼此，是因为他们害怕彼此——主人们自成一体，工人们自成一体，学者们自成一体！那他们为什么害怕呢？一个人，只有当他不能和自己取得一致时，他才会感到害怕。他们感到害怕，是因为他们从来没有承认过自己的内心！组成这个共同体的尽是些害怕自己心中那个未知世界的人们！他们全都感觉到，他们的生活准则不再正确，他们是按照老一套在生活，他们的宗教，还有他们的美德，所有的一切，统统都和我们的需要格格不入。在长达一百多年的时间里，欧洲就知道搞研究和建工厂！他们精确地知道，杀死一个人需要多少火药，但他们却不知道，一个人怎样向上帝祈祷，甚至都不知道，一个人怎样才能得到长达一个小时的满足。你随便找家大学生小酒馆去看看！要不跑到富人们去的娱乐场所看看也成！没有半点希望啊！亲爱的辛克莱，所有这些都绝对不是快乐的源泉。这些胆战心惊地联合起来的人，他们的内心充满恐惧、充满恶意，谁也不相信谁。他们留念不再是理想的理想，谁树立新的理想，他们就用石头去砸死谁。我感觉会有很多斗争。这些斗争就会来临，相信我，它们马上就会来临！当然，这个世界将不会因为它们而‘变得更好’。不管是工人打死他们的工厂主，还是俄国和德国互相开枪射击，其实都只不过是换换所有人而已。但这也不会是白费力气。这将表明当今理想的垃圾性质，将会出现一波利用石器时代的诸神来进行的清理。这个世界，就其现在的样子而言，正在一心求死，它希望走向灭亡，它也正在走向灭亡。”

“那我们在这个过程中会变成什么样呢？”我问道。

“我们会变成什么样？哦，也许我们会一同走向灭亡。像我们这样的人真的有可能会被打死。只是，我们不会就此完蛋。我们得以留下的东西，或者说我们当中活下来的人，未来的意志将会集聚在其周围。人类的意志将会得到体现，在我们欧洲，在相当长的一段时期内，这个意志一度被科技集市的喧嚣所淹没。而后还将得到体现的是，人类的意志永远不会，不会在任何地方等同于今天的集体，即国家和民族的、协会和教会的意志。反倒是自然对人类怀有的意愿写在了各个人的身上，写在了你和我的身上。它曾经写在耶稣身上，它曾经写在尼采身上。而当今天的这些集体行将崩溃之时，这些唯一重要的潮流——这些当然可能会日新月异的潮流就有立足之地了。”

我们很晚才在河边的一座花园前停下脚步。

“我们住这里，”德米安说道，“有时间来我们家玩啊！我们可盼着你来了。”

回家的路很长，我高兴地穿行在清凉的夜色中。时不时地就会在城区碰到吵吵闹闹的大学生喝得踉踉跄跄地回宿舍。以前，我常常会感到他们那种滑稽的欢乐和我孤独的生活之间的巨大落差，也常常有一种自惭形秽的感觉，常常不免冷嘲热讽。但是今天，我的内心却平静而有力，我有了一种完全不同的感觉：这跟我无关，这个世界对我而言是遥远和虚无缥缈的。我回想起我故乡的公务员，一个个威严的老先生，他们特别喜欢回忆他们那些喝得烂醉如泥的学生时代，简直就像是神仙过的日子，于是就对这段飞逝的“自由”，也就是他们的大学时光顶礼膜拜，其狂热程度大概就相当于诗人或其他浪漫主义者对于童年的迷恋。到处都是千篇一律！他们到处寻找“自由”，还有“幸福”，在自己身后的某个地方，纯粹是因为他们害怕人家可能会提醒他们牢记自身责任，害怕人家可能会警告他们要走自己的路。痛痛快快地喝上几年，高高兴兴地欢呼几年，然后就找个藏身之处，摇身一变，成为一位报效国家的不苟言笑的绅士。是的，我们这里正在败落，败落，这种大学里干的蠢事比起别的成百上千的蠢事来还真不算是愚蠢和糟糕透顶的。

然而，待我回到自己那偏僻的住处并开始摸索我的床之后，刚才所有的那些想法就全都烟消云散了，我全部的心思都在期待和眷念那个伟大的承诺，是今天这个日子把它带给了我。只要我愿意，明天我就会见到德米安的母亲。就让那些大学生上小酒馆喝酒去吧，就让他们给自己的脸刺花纹吧，就让世界败落等着灭亡吧——关我什么事！我唯一要等待的就是：我的命运正通过一个新的形象向我迎面走来。

我睡得很沉，快到中午的时候才醒。对我而言，新的一天的来临意味着一个庄严的节日的开始，这种节日自打我孩提时代的圣诞节以来我就再也没有经历过了。我的内心深处开始躁动不安，但我没有感到一丝害怕。我觉得，一个重要的日子为我降临了；我看见,也感到我周围的世界发生了变化,它在恭候,既目标明确，又庄严肃穆，即便是潺潺流淌着的秋日的雨水也不乏宁静之美，充满节日氛围，饱含严肃喜悦的乐音。外在世界和我的内心世界第一次步调一致地达到纯粹的和谐——由此,灵魂的节庆来临了；由此，活着也就值得。没有房屋，没有橱窗，没有胡同里的人脸会打扰到我，虽然所有东西骨子里该什么样还是什么样，但所呈现的面目已不是习以为常的空洞，而是正在恭候的天性，充满敬畏地站在那里迎接命运的到来。这就是当年作为小男孩的我在盛大节日的早晨，在圣诞节、在复活节，所看到的世界。我不曾知道，这个世界还能跟当年一样美。我之前已经习惯于活在我自己的世界，至于说我对那些遥远的时光已经失去感觉，这些五光十色的丧失不可避免地与童年的丧失相关，而从某种程度上讲，放弃这丝可爱的微光就是一个人为了自由和灵魂的阳刚所必然付出的代价，凡此种种，我都已经习惯于容忍了。但是现在我却欣喜地看到，所有这一切只是被掩埋和被遮蔽了而已，就算是变成自由之身，就算是放弃做儿童的幸福，一个人依旧能够发现世界的闪光之处，依旧能够尝到那种滋味，即儿童看待事物时所怀有的真切敬畏。

那个时辰到了，我再次找到那座郊区花园——我和德米安那天夜里的道别之地。只见一排因为下雨而显得灰蒙蒙的大树后面有一栋小楼藏而不露，明亮而舒适，一面玻璃大墙后面长着高高的鲜花灌木丛，在明亮的窗户后面则是各个房间黑乎乎的墙壁，墙壁上面挂着画片，摆放着一排排书籍。小楼的大门直接通向一间温暖的小客厅，一个一声不吭、上了年纪的女佣，黑皮肤，围白围裙，领我进去，而后把我脱下的大衣拿走。

她让我一个人待在厅里。我环顾四周，很快便置身于我的梦中。在上面黑乎乎的木墙板上，在门的上方，挂着一个黑色的玻璃镜框，镜框里面是一幅再熟悉不过的画，也就是我画的那只长着金黄色雀鹰头的、正在奋力挣脱世界之壳的鸟儿。我激动地站在那里一动不动——我的心里悲喜交加，仿佛在这一刻，我所做过和经历过的一切，全都重新向我回归，给我的回复，也让我得到满足。我看见一大堆画面如离弦之箭飞快地穿过我的灵魂：故乡的老宅连同其大门上方的那枚石质徽章；那个勾画徽章的小男孩德米安；陷入我的敌人柯洛墨之恶毒圈套而惶惶不可终日的还是小男孩的我自己，在小屋安静的桌旁心如乱麻地画着我的渴望之鸟的那个还是少年郎的我自己——而这一切的一切，直到此时此刻，全都在我的心底发出回响，全都在我的心底得到肯定，得到回复，得到赞同。

我的眼睛湿润了，我含泪凝视着我的这张画，我读着我自己。

随后，我的眼睛开始往下看：在这张雀鹰画下方打开着的那扇门里站着一个穿深色裙子的高大女性。就是她。

我说不出一句话来。只见这位美丽、威严的女士在友好地冲着我微笑，一张脸和她的儿子一样，没有时间和年龄的痕迹，有的只是生机勃勃的意志。她的注视带来满足，她的问候意味着归乡。我默默地向她伸出双手。她用一双坚定温暖的手将它俩紧紧握住。

“您是辛克莱。我刚才一下就认出您了。欢迎您的到来！”

她的声音深沉而温暖，我好像在喝甘甜的葡萄酒。现在，我的眼睛开始向上看去，我去看她那平静的脸，去看她那乌黑的、深不可测的双眸，去看她那健康、成熟的嘴，去看她那宽阔的、女王般的、载有那个标记的额头。

“我真是太高兴了！”我一边对她说，一边去吻她的双手。“我想，我这一辈子一直都在路上奔波——但现在我回到家里了。”

她露出母亲般的微笑。

“我们永远也回不到家里，”她友好地说道，“不过，在友好的道路汇合之处，全世界会有一个小时看上去像故乡。”

她说出了我在来找她的路上所怀有的那种感觉。她的声音，还有她的话语，都跟她的儿子很像，却又完全不同。一切都更为成熟、更为温暖、更为自然。但正如马克斯从前没有让任何人觉得他是个小男孩一样，他的母亲看上去也根本不像是一位儿子已经成年的母亲，她的脸上和头发上所散发出来的气息是那样的年轻迷人，她的皮肤是那样的紧致光滑，她的嘴唇是那样的青春焕发。站在我面前的她比我梦中的那个她更显王者风范，有她在身旁就是爱和幸福，她的注视带来满足。

这就是那个新的形象，我的命运在其中向我显现，不再严苛，不再令人感到孤独，不，成熟而精神抖擞！我不用做决定，不用发誓——我已抵达一个目的地，抵达一个高地，从这里放眼望去，前路是那样的宽广和壮丽，我奋力奔向一个又一个希望之乡[①]，临近的挂满幸福的树梢将我遮蔽，临近的一座座弥漫着欢乐的花园给我清凉。无论我的情况如何，我都感到极度快乐，我知道这世上有着这样一位女性，我饮用她的声音，呼吸她的亲近。愿她成为我的母亲、情人、女神——只要她在就行！只要我的路靠近她的路就行！

她往上指我的雀鹰图。

“您用这幅画给我们的马克斯带来了前所未有的巨大喜悦，”她略有所思地说道，“对我也是。我们一直在等您，而当这幅画寄到时，我们就明白了，您正走在前往我们这里的路上。当您还是一个小男孩的时候，辛克莱，那时有一天，我的儿子放学回来说：有个小伙子，他额头上有那个标记，他肯定会成为我们的朋友。那就是您。您确实过得不容易，但我们始终相信您。当您放假在

① 《圣经》中上帝赐给亚伯拉罕的迦南之地。

家的时候，您和马克斯又见了一面。您那时大概有十六岁的样子。这事马克斯跟我说过……”

我打断她道：“哦，他居然连这事都告诉给您了！那是我那阵子日子最不好过的时候！”

“是的，马克斯跟我说：‘辛克莱现在面临大困难。他又一次试图逃向集体，他甚至变成了酒馆里一个常客；但他不会成功的。他的标记虽然被掩盖，却会偷偷地令他坐立不安。’——情况难道不是这样的吗？”

“哦，对的，情况是这样的，完全就是这样的。后来我就发现了贝阿特丽采，再后来总算又有了一个领路人跑来找我。他叫皮斯托利乌斯。直到这时我才搞清楚，我的小男孩时期为什么会如此紧密地和德米安绑在一起，为什么我无法与他脱离开来。亲爱的夫人——亲爱的母亲，我那时常常以为，我非得自杀不可。这条路对每个人而言难道就如此之艰难吗？”

她用一只手捋着头发，像空气一样轻柔。

“出生就始终是一件很难的事情。您知道，鸟儿要费很大劲儿才能破壳而出。您回想回想，您也扪心自问一下：这条路当时真的就这么困难吗？仅仅只是困难吗？它不是也很美吗？莫非您知道一条更美好、更容易走的路了？”

我摇头。

“当时很难，”我梦呓般说道，“直到那个梦来临之前都很难。”

她一边点头，一边用犀利的目光看着我。

“是的，一个人必须找到他的梦，然后这条路就会变得简单。但是没有持续不断的梦，每个梦都会被一个新的梦替代，没有什么梦是你可以想要抓住不放的。”

我被狠狠地吓了一跳。这会不会就是一种警告？这会不会就是抗拒？反正不管怎样，我都准备着任由她来把我引领，而不问领向何方。

“我不知道，”我说道，“我的梦应该做多久才好。我希望它是永恒。在那幅雀鹰图下，命运接见了我，像一个母亲，也像一个情人。我只属于命运，而非其他任何人。”

“只要这个梦是您的命运一天，您就应当忠实于它一天。”她严肃地确认道。

一股悲伤将我攫住，同时攫住我的还有恨不得在这魔力时刻去死的强烈渴望。我感到我的眼泪——我该有多久没哭过了啊！——在不停地往上涌，最后将我完全淹没。我用力挣脱她，转过身去，走到窗前，两眼茫然地掠过那些盆栽花。我听见她的声音在我的身后响起，听上去虽然淡定，但却充满柔情，满得就像一只酒杯盛葡萄酒一直盛到杯口那样。

“辛克莱，您是一个小孩！您的命运当然爱您。总有一天它会完全属于您，就跟您所梦想的那样，条件是您要永远忠诚。”

我极力克制住自己的情绪，重新把脸转向她。她伸出手来和我握手。

“我有几个朋友，”她微笑着说道，“几个为数很少，但很亲密的朋友，他们都叫我夏娃夫人。如果您愿意，您也应该这样称呼我。”

她领着我来到门口，打开门，手指着花园。“您在那外边就能找到马克斯。”

我麻木而震惊地站在那些高大的树下，我不知道，我是比以前更加清醒还是更加如梦如幻。雨水轻轻地从树枝上滴下。这座花园沿着河边伸延开来，我慢慢地走了进去。最终我发现了德米安。他站立在一个门窗大开的园中小屋里，上身赤裸，正在一个挂起的小沙袋前练习拳击。

我吃惊地站在一旁观看。德米安看上去棒极了，宽阔的胸，坚定阳刚的头，抬起的手臂有力而灵活，肌肉紧绷，一个个动作从臀部、肩部和手臂关节处发出，犹如戏耍的山泉。

“德米安！”我喊道。“你在那儿干什么呢？”

他爽朗地大笑起来。

“我在练习呀。我已经答应和那个小个子日本人摔跤了，那家伙身手敏捷得像只猫，当然也狡猾得很。但他恐怕会拿我没办法。我欠他的就是一个小小的羞辱。”

他穿上衬衫和外套。

“你刚才去见过我母亲了？”他问道。

“是的。德米安，你有一位多么出色的母亲啊！夏娃夫人！这个名字非常适合她，她就像是所有人的母亲。”

他若有所思地盯着我的脸看了片刻。

“你已经知道这个名字了？你可以感到自豪了，小子！你是她第一时间告知这个名字的第一人。”

从这一天起，我出入这栋屋子就跟个儿子和兄弟一样，当然也跟个情人一样。

每当我锁上我的房门出发，每当我看到花园里的那些高大的树木猛地冒出时，我都会感到富足和幸福。外面是“现实”，外面是街道和房屋，人群和机构，图书馆和大教室——里面却是爱和灵魂，这里生活着童话和梦。不过，我们也不是完全活在与世界隔绝的状态，我们常常以思考和对话的方式活在其中，只是在另外一方天地里，我们与大多数人并不是通过界限，而仅仅是通过另外一种看待事物的方式分隔开来。我们的任务是，在这个世界里描绘出一座岛屿，也许是一个榜样，总之就是宣告另外一种活着的可能。我这个经历过长久孤独的人认识了这样一个集体，这个集体在尝过绝对孤独滋味的人们之间是可能的。我再也不会跑回去渴求那些幸福的招牌，去渴求那些欢快的节日，当我看见别人的共同体时，我再也不会感到一丝的羡慕或乡愁。慢慢地，我也知悉了这些自身带有“那个标记”的人们的秘密。

可能在世人的眼中，带有这个标记的我们有理由被认作是奇怪的，甚至是疯狂和危险的。我们是觉醒的人，或者说是正在觉醒的人，我们的追求是为了一种日臻完善的警醒，而其他人的追求和寻找幸福则是为了把他们的意见、他们的理想和义务、他们的生活和幸福与畜群的凡此种种绑在一起。当然，那里也有追求，也有力量和伟大。但是，我们认为，我们这些被打上了标记的人，我们体现的是天性要走向新事物，走向个体化和未来的意愿，而其他人则相反是活在一种固执守旧的意愿之中。对于他们而言，人类——他们和我们一样热爱着的人类——是某种一成不变的、必须得到维持和保护的东西。对于我们而言，人类却是一个遥远的未来，我们大家正在奔向这个未来的路上，这个未来的图景无人知晓，这个未来的法则没有写就。

除了夏娃夫人、马克斯和我，或远或近属于这个圈子的还有一些性质非常不同的找寻者。他们当中的一些人走进旁门左道，已为自己立下分离的目标，依恋特殊的看法和义务，他们当中有些占星术士和犹太教神秘教义信奉者，还有一个托尔斯泰伯爵[①]的追随者，以及形形色色柔弱的、胆小的、敏感的人，新教派的追随者，印度修行的维护者，素食主义者等等。我们和这些人其实没有任何精神上的共同之处，唯有尊重，即每个人都乐于对别

---

① 列夫·尼古拉耶维奇·托尔斯泰（1828—1910）：贵族出身的俄国作家、思想家、哲学家，代表作有《战争与和平》《安娜·卡列尼娜》《复活》等，1880年后因其主张邻人之爱和非暴力等而与官方教会意见不合，他晚年的宗教伦理学著作1900年前后在全欧范围内赢得众多追随者。

人隐秘的生活梦想给予尊重。另外，也有一些人跟我们站得更近，这些人密切跟踪人类过往对神明和新愿景的追寻，他们的研究常常类似于皮斯托利乌斯所做的研究。他们把书籍搬来，为我们翻译一些古代语言的文本，向我们展示有关古老象征和仪式的图片，教我们去看，迄今为止的人类的全部所有是如何由一系列无意识的灵魂的梦所组成，在这些梦中，人类摸索着跟随那些对其未来可能性的预感。我们就如此这般地一路穿越，从古代世界的神奇的长着一千个头的群神直至基督教悔过自新的暮色降临。孤独的善男信女们的自白，以及宗教从民族到民族的转变，逐渐为我们所熟悉。而我们所有这些搜集的结果便于我们对我们的时代和当今的欧洲的批判，这个欧洲一度在其非凡追求的过程中创造出强有力的人类新武器，最终却陷入一种深度的、实在是令人愤慨的精神荒芜。因为它赢得了全世界，却因此而丧失了灵魂。

即便是在这里，也有着某些希望论和救世说的信徒和拥趸。有意欲使欧洲皈依的佛教徒，也有托尔斯泰的门徒，以及其他的信仰。我们在小圈子里仔细倾听，但只把这些学说当作比喻来接受。我们这些被打上标记的人犯不着去操心未来的规划。在我们看来，任何一种信仰，任何一种救世说，都已提前死掉，毫无益处可言。而我们唯一感觉义不容辞和命中注定的是下面这一点：我们每一个人都要完全成为他自己，都要完全对得起那个在他身上发挥着作用的天性的萌芽，顺其意而活，那个不确定的未来将会看到，无论它带来什么，所有的事情，每一件事情，我们都愿意去做。

因为，不管说与不说，对这一点我们大家的感觉都很清晰，即一种新生和现世的崩溃正在临近，也可以被觉察得到。德米安有时会对我说："未来的事情是难以想象的。欧洲的灵魂就是一只被束缚得太久太久的动物。当它挣脱束缚获得自由时，它最初的一些行动将不会特别受人待见。但这些道路和弯路都无关紧要，只要那真正的灵魂的困窘得以暴露就成，要知道，这种灵魂的困窘长久以来一而再，再而三地被谎言掩盖，被压抑克制。然后我们的好日子就会来临，然后人们就会需要我们，不是作为领袖或新的立法者——这些新的法律我们是没法经历了——而是作为志愿者，作为愿意一起上路并时刻准备着听从命运召唤的人。你瞧，所有的人，当其理想遭受威胁时，都愿意去做那令人难以置信之事。但当一个新的理想，一种新的、或许是危险和阴森的不断壮大的活动来敲门时，却见不到一个人来开门。那为数不多的而后跑来开门并跟着一起走的人将会是我们。这就是我们被打上标记的目的——就跟该隐一样，他被打上标记的目的就是去激起恐惧和仇恨并把当时的人类从狭窄的田园生活赶进危险的广阔天地。所有对人类进程发生过作用的人们，所有的这些人，他们之所以能够无一差别地发挥作用，就是因为他们乐于拥抱命运。

摩西和佛陀是这样，拿破仑和俾斯麦[①]也是这样。一个人服务于什么样的潮流，他从哪一个极点上被统治，由不得他自己来选择。假如俾斯麦当年能够理解社会民主党人并使自己适应他们的话，那他恐怕会是一个聪明的绅士，但却不是一个拥抱命运的大丈夫。拿破仑是如此，恺撒、罗耀拉[②]是如此，所有人都是如此！这一点必须从生物学和发展史的角度来想！从前，当地球表面的巨变把水里的动物抛上陆地，把陆上的动物抛入水中时，就曾有过乐于接受命运的样本，这些样本能够执行闻所未闻的新命令并通过对新环境的适应而得以拯救其种属。至于它们是否就是之前在其种属中十分突出的保守派和维持派，还是反过来的怪物和革命者，这我们就不得而知了。它们有准备，因此它们就能够把它们的种属拯救到新的发展进程中。这是我们知道的。因此我们愿意做好准备。”

在我们进行这类交谈时，夏娃夫人也常常在场，但她本人并不以这种方式参与发言。无论我们当中谁在发表自己的想法，她都是仔细倾听，予以赞同，充满信任，充满理解，仿佛所有这些

① 奥托·冯·俾斯麦（1815—1898）：德意志帝国的缔造者和第一任帝国首相，在我国以“铁血宰相”著称，1878 年 10 月 21 日实施打压社会民主党人的《反社会党人非常法》，禁止集会、活动、游行等，该法定期延长，1890 年 9 月 30 日最后期满失效。

② 依纳爵·罗耀拉（1491—1556）：西班牙贵族，1540 年在罗马教皇支持下建立耶稣会并任总会长，他制定会规，要求会士无条件执行罗马教皇委派的所有任务，使耶稣会成为反宗教改革运动的重要组织。

想法都是从她那里而来，然后又返回到她那里去。坐在她的身旁，偶尔听到她的声音，享受那种她紧紧环绕的氛围，对我而言就是幸福。

每当我心里发生任何一种变化，忧郁沮丧或者是恢复活跃，她都能立马感觉到。我似乎觉得，我睡着时做过的那些梦都是她的灵感。我把这些梦告诉她，它们在她看来很好理解，也很自然，没有什么是她听不懂和弄不明白的。有一阵子，我做的梦就像是对我们白天谈话的复制。我梦见全世界都起来造反，而我却独自一人或是和德米安一起紧张地等待着那伟大命运的到来。这个命运始终被遮盖着，但却多多少少带有夏娃夫人的特征——被她选中还是被她唾弃，这就是命运。

有时她会笑着说："您的梦没有做完，辛克莱，您把最好的精华忘记了——"于是我之后可能又会把那个忘记的地方回想起来，并且也弄不明白自己怎么就会把它给忘了。

偶尔我也会感到不满，备受渴望的折磨。我指的是：看见她就在自己身边却不能揽她入怀，这让我无法忍受。她马上也能察觉到这一点。当我一连几天没有露面，而后又心烦意乱地跑来时，她把我拉到一边说道："您不应该沉湎于您不相信的愿望。我知道您的愿望是什么。要么您强迫自己放弃这些愿望，要么您就一心一意地去怀有这些愿望。如果有一天您能够通过不断恳求而在心里确定您的愿望得到实现，那么您的愿望也就真的实现了。可您怀有这些愿望，却又对此感到后悔，同时还感到害怕。这一切都必须得到克服才行。我想讲个童话给您听。”

于是她就开始跟我讲，说有一个少年爱上一颗星星。他站在海边，伸出双手去膜拜那颗星星，他在梦里梦见它，他向它表达他的思念。但他知道，或者说他以为自己知道，星星不能被人拥抱。爱一个天体而不指望这份爱得到满足，他认为这就是他的命运，于是他从这个想法出发，把放弃和默默忠诚的受苦当作生活的全部，以为这样就可以让他变得更好、更纯洁。但他所有的梦里却都是那颗星星。有一天夜里，他又来到海边，站在高高的礁石上，眺望那颗星星，心中燃起对它的爱。当这爱的渴望达到最热烈的那一刻，他奋力一跳，冲向空中，迎着那颗星星而去。但就在跳起的那一刻，他的脑海里飞快地闪过下面这个念头：这怎么可能！于是他跌落下来，躺在了沙滩上，粉身碎骨。他并不懂得怎样去爱。假如他在跳起的那一刻拥有一股精神力量，即坚定不移地相信他的爱定能实现，那么他恐怕当时已经飞到天上和那颗星星结合了。

“爱不必恳求，”她说道，“也不必要求。爱必须拥有这样的力量，即其自身会变得坚定不移。那样的话，爱就不再是被别人吸引，而是主动去吸引别人。辛克莱，您的爱正在被我吸引。如果它有一天会主动来吸引我，那我就会来。我不愿意施舍礼物，我愿意被赢得。”

不过，有一次，她又给我讲了另外一个童话。那是一个对爱情绝望的男人。他完全退缩到他的灵魂深处，以为被爱情烧焦。世界在他眼里消失，他不再看到蓝色的天空和绿色的森林，他听不见溪水潺潺，他听不见琴声悠扬，一切都沉没了，他也变得一无所有了。但他的爱却在增加，他宁愿去死、去堕落，也绝不放弃对他所爱的那位美丽女子的占有。于是他感到，他的爱烧焦了他心中所有别的念头，只有他的这份爱变得越来越强烈，越来越引人注目，越来越吸引人，终于那位美丽的女子情不自禁地跟从了，她来了，他站在那里伸开双臂，要把她拉入怀中。但她却站在他的面前，这时的她完全变了，他惊恐地感到和看到，他已经把那个全部丧失的世界吸引到自己这里来了。她站在他的面前，委身于他，天空和森林，还有小溪，所有的一切又以焕然一新的灿烂面貌向他走来，为他所有，说着他的语言。他不仅赢得了一个女人，还在心里拥有了全世界，天上的每颗星星都在他的心里发出红光，让喜悦闪过他的灵魂。——他爱过并在这个过程中找到了自我。但绝大多数人却在爱的过程中丧失了自我。

我对夏娃夫人的爱似乎是我生命的全部内容。但她每天都以不同的面目示人。有时我以为确切地感到，我的天性所热烈追求的并不是她本人，她反而只是我内心的一个象征，只是希望引导我深入到更为内在的自我。她的一些话，常常在我听来就像是对我潜意识里的迫切问题的回答，对我很有触动。另外还有一些时刻，待在她身旁的我会因为感官的渴望而焦躁不安，从而就去亲吻她触摸过的物件。而随着时间的推移，感官的爱和非感官的爱，现实和象征会彼此重叠。然后就会发生这样的事情：我回家后在自己的房间里想她，情真意切地默想，与此同时，我甚至自以为能够感觉到她的手就在我的手里，她的唇就在我的唇上。要不就是我在她那里，凝视她的脸，和她说话，听她的声音，却不知道她是真的存在还是就是一个梦。如何持续地、天荒地老地占有一份爱，我开始对此进行预感。我在读一本书的时候获得一个新的认识，那感觉就跟得到夏娃夫人的吻一模一样。她抚摸我的头发，她的微笑给我送来成熟芳香的暖意，我的感觉就仿佛是我自身取得了进步一般。对我重要且是命运的所有事情都能够通过她的形象来呈现。她的形象可以变成我的任何一个思绪，而任何一个思绪也可以变成她的形象。

圣诞节期间我会回到父母身边，我一度对此感到担心，因为我本以为，长达两周离开夏娃夫人的生活肯定会很痛苦。但实际却并不痛苦，待在家里思念她反而是件美好的事情。当我节后返回 H 大学时，我还坚持远离她的房子两天，以享受那种绝不依赖于她的感官存在的确定性。我也做过一些梦，在这些梦中，我与她的结合以各种譬喻性的方式进行。她是大海，我汹涌地汇入其中。她是一颗星，我也是一颗向她飞奔的星，我们相遇，我们彼此吸引，我们在一起，我们永远围绕彼此旋转，我们的轨道互相靠近，彼此轰隆隆地应和，我们感到幸福。

当我再次去拜访她时，首先就把这个梦讲与她听。

“这个梦真美，”她平静地说道，“您去实现它吧！”

早春时节的一个日子令我永远不能忘怀。

我走进那个客厅，厅里有扇窗子开着，一股柔和的气流把风信子[①]的浓郁气味推进整个厅里。因为见不到一个人，我就跑到楼上马克斯·德米安的书房。我轻轻地敲门，不等里面有人喊，就自行推门而入，这是我平素一贯的做法。

这间屋子里的光线很暗，所有的窗帘都拉上了。通向旁边一个小侧间的门开着，里面是马克斯给自己设置的一个化学实验室。从那里射来一道明亮的白光，这道光线的源头则是透过雨云照耀大地的春天的太阳。我以为这里没人，就把一道窗帘拉开。

这时，我就看见德米安正坐在一张凳子上，这张凳子就在拉上了窗帘的窗户旁，只见他整个人蹲在那里，样子变得极为奇怪，一种感觉飞快地掠过我的全身：这种事你已经经历过了啊！他的两只胳膊一动不动地悬着，一双手放在怀里，脸稍稍前倾，两只眼睛睁着，眼神呆滞，死气沉沉，瞳孔里有一道微弱刺眼的反光在闪烁，就仿佛是在一块玻璃上似的。一张苍白的脸专注于自身，除了一片僵硬，再无别的表情，看上去就像是神庙大门上的一个

① 多年生草本球根类植物，原产于地中海沿岸和小亚细亚一带，是最香的开花植物之一。

古老的动物面具。

回忆令我极为惊恐——就是这个样子，一模一样，多年前，当我还是一个男孩子的时候，我就见过他这样了。当时，他的一双眼睛就是这样专注于内心凝视，他的一双手也是这样一动不动地放在一起，一只苍蝇在他脸上乱爬。那时，大概是六年前，他看上去就是这样的老成，这样的永恒，脸上没有一根皱纹跟今天不同。

我感到一阵害怕，于是悄然退出屋子下楼。我在客厅里碰到夏娃夫人。她脸色惨白，整个人似乎很疲惫，完全不同于以往我对她的印象。一道阴影飘进窗子，那道刺眼的白色光线突然不见了。

“我刚从马克斯那儿来，”我飞快地悄声说道，“发生了什么事？他睡着了，还是在专心致志，我不知道，我以前已经见过他这样了。”

“您没把他叫醒吧？”她赶紧问道。

“没有。他没有听见我进去。我马上就又出来了。夏娃夫人，您告诉我，他怎么了？”

她用一只手背去揩她的额头。

“您放心，辛克莱，他不会有事的。他归隐了。不会持续很长时间的。”她起身走了出去，进到花园里，尽管外面正好开始下雨。我觉得我不应该跟着她去。于是我便留在厅里来回踱步，我闻到风信子那醉人的花香，出神地凝视我的那幅挂在厅门上方的雀鹰图，压抑地呼吸着那奇怪的阴影，整座小楼从这天早上起就被这道阴影所笼罩。这是怎么回事？发生了什么事？

夏娃夫人很快返回。雨点挂在她深色的头发上。她坐到靠背椅上。疲惫躺在她的身上。我走到她身旁，俯下身去亲吻她头发上滴落的水滴。她的目光明亮而平静，但我亲吻的水滴却像眼泪。

“要我去看下他的情况吗？”我悄声问道。

“您不是小孩子了，辛克莱！”她大声地发出警告，好像是要破除自身的魔咒。“您先走开吧，您待会儿再来吧，我现在没法跟您说话。”

我于是走开，跑离房子和城市，跑向深山，斜风细雨迎面向我扑来，云儿卑微地顶着沉重的压力飘过，好似落荒而逃。低处几乎没有一丝风，高处似乎狂风大作，太阳多次突破坚硬如钢的乌云，用惨白而刺眼的光照亮大地数秒。

这时，一片松散的黄云从天边飘了过来。它积聚力量挑战那堵乌黑的云墙，风也在短短数秒之内用黄色和蓝色塑成一幅图景，一只巨大的鸟儿，从蓝色的纷乱中释放出自己，展翅高飞，消失在天空中。随后，狂风呼啸，雨水夹杂着冰雹哗啦啦落下。一阵短暂、巨大、恐怖的惊雷在那被鞭策的图景上方隆隆作响，太阳紧接着再度突破，露出一瞥。于是，在临近的一座座山上，在那片褐色森林的上方，苍白的雪发出黯淡而不真实的光。

在我经过数小时雨淋风刮重新返回后，是德米安亲自为我打开楼门。

他拉着我跟他一起上楼进到他屋里，在那间实验室里还有煤气的火焰在燃烧，到处都是纸，他似乎做过实验了。

“你坐下，”他邀请道，“你会很累的，刚才的天气真糟糕，是个人就会看见你刚才在外面有多矫健。茶马上就来。”

“今天有点事，”我有些迟疑，“不可能只是这点暴风雨。”

他拿眼审视着我。

“你看见什么了？”

“是的。我在云里有一刻清楚地看见一幅画。”

“什么画？”

“那是一只鸟。”

“那只雀鹰？是它吗？你的梦中之鸟？”

“是的，刚才就是我的雀鹰。它是黄颜色，巨大无比，飞入蓝黑色的天空里去了。”

德米安深深地吸了一口气。

有人敲门。那位上了年纪的女佣端茶来了。

“你喝吧，辛克莱，请喝吧。——我想，你不会是碰巧看见这只鸟的吧？”

“碰巧？这种东西碰巧能看见吗？”

“好吧，不能。它可是有意味的。你知道意味着什么吗？”

“不知道。我只觉得，那意味着一种震撼，命运中的一步。我想，这跟我们大家都有关。”

他步履沉重地来回走动。

“命运中的一步！”他大声喊道。“同样的事情我今天凌晨梦到了，我母亲昨天就有一种预感，她说的话也是一模一样。——我当时梦见我登上一把梯子，梯子靠在一棵树的树干上，或者是钟塔上。等我到了上面，整个国家尽收眼底，那是一块很大的平原，上面有城市和村庄，万家灯火。我还不能把所有见到的东西都说出来，我还没有完全弄明白。”

“你会把这个梦用来诠释你自己吗？”

“我自己？当然。没有人会做与己无关的梦。但这个梦不是只跟我一个人有关，在这一点上你说得对。有些梦是向我显示我自己灵魂中的活动，另外一些十分罕见的梦则会对全人类的命运作出提示，我会比较精确地对这两者进行区分。我极少做诸如此类的梦，也从未做过称得上是预言并最终得以实现的梦。这些诠释太不确定了。但有一点我是肯定知道的，即我梦见过不是只跟我个人相干的事。这个梦属于我做过的别的、早期的梦，但这个梦却是对后者的继续。我之前已经跟你说过的那些预感就是从这些梦中得出的，辛克莱。我们知道，我们这个世界破败不堪，但这恐怕还不是预言其灭亡或作出诸如此类预言的理由。但我从数年来我自己所做的梦中得出，或者说感到——总之我从中感觉到，一个旧世界的崩溃正在临近，越来越近。最初的预感非常微弱，非常遥远，但它们现在已经变得越来越清晰，越来越强烈。我另外还知道的一点就是，某种伟大和可怕的、附带着也会关系到我的事情正在来临。辛克莱，这件被我们之前不时地讨论过的事情，将会被我们亲身体验！这个世界想要自我革新。死亡的气息扑鼻而来。没有死亡，就没有一切新事物的到来。——事实比我之前所想更可怕。”我吓了一大跳，目瞪口呆地看着他。

“你就不能把你这个梦余下的部分也说来听听吗？”我怯怯地请求道。

他摇头。

“不能。”

门开了，夏娃夫人走了进来。

“你们两个都坐在这里啊！孩子们，你们不会伤心吧？”

她看上去精神抖擞，一扫之前的疲惫。德米安冲着她微笑，她来到我们身边，一如母亲来到被吓坏了的孩子们身边。

“我们不会伤心的，妈妈，我们只是对这些新标记进行了一些猜测。但这一点也不重要。要来的猛不丁就会来，我们需要知道的事情，到时候我们自然就会知道。”

但我的情绪很差，当我道别后独自经过客厅时，我觉得风信子的芳香有一股枯萎的、乏味的、死尸般的气息。一道阴影笼罩在了我们的头上。

第八章　末日的开始

我的目的达到了：我夏季学期还能继续在H大学。我们现在几乎总是在河边的花园里，而不是在屋里。那个在摔跤比赛中一败涂地的日本人走了，那个托尔斯泰的追随者也缺席了。德米安给自己养了一匹马，而且天天坚持骑马。我常常和他的母亲单独在一起。

我偶尔会对我生活的宁静感到吃惊。独处，学会放弃，为我的痛苦伤透脑筋，这些我早已习惯了，以至于在H大学的这几个月在我眼里就像是在一座梦中岛屿，在这座岛上，我可以舒舒服服地、神魂颠倒地活在美好的事物和情感之中。我预感到，这就是我们所思念的那个新的、更高级的共同体的先声。可我的这种幸福却不时地被一种深深的悲哀所盖住，因为我清楚地知道，这种幸福不能持久。我命中注定不会躺在富足和惬意中呼吸，我需要痛苦和行色匆匆。我感到：总有一天，我会从这些美丽的爱情图景中醒来，重新形单影只、孑然一身地站立在这个冷漠的他人世界里，这里对我而言不是孤独，就是战斗，没有平静，没有苟活。

这样一来，我便倍加温存地去亲近依偎夏娃夫人，我感到高兴，因为我的命运身上始终还带有这些美丽、宁静的特征。

夏天的几周流逝得飞快而容易，这个学期已经接近尾声了。告别的时刻马上就会来临，我不敢这样去想，而是依恋着这些美丽的日子，一如蝴蝶依恋香甜的花朵。这就是我曾经的幸福时光，我的生命得到第一次满足，我还被这个同盟接纳——之后又会发生什么呢？我会重新斗争到底，忍受渴望，做梦，孑然一身。

在那些日子里，这种预感袭上我的心头，它是如此强烈，以至于我对夏娃夫人的爱突然间痛苦地燃烧起来。上帝啊，过不了多久，我就再也看不见她了，再也听不见她迈着坚定、善良的步子在屋里走动，在我的桌上再也找不到她送的鲜花！可我又达到什么目的了呢？我做过梦，我在梦中惬意地摆动，而不是去赢得她，而不是为她去决斗，从而永远把她据为己有！她曾经跟我说过的所有关于真爱的言论我全想起来了，上百句敏锐、警醒的话语，上百句轻声的诱惑，或许也是承诺——我都拿它们干了什么？什么也没干！什么也没干！

我站到我房间的正中位置上，聚合起我所有的意念去想夏娃。我要集中起我灵魂里的所有力量去让她感受到我的爱，去把她吸引到我这里来。她肯定会来，肯定会渴望我的拥抱，我的吻肯定也会贪婪地在她那成熟的荡漾着爱的唇间游走。

我站在那里，让自己一点点集中注意力，直至我整个人从十指和双脚处开始变得冰凉。我感到，力量从我身上发出。有几秒钟的样子，我心中有个东西收缩起来，又硬又紧，是某种明亮而清凉的东西；有一秒钟的样子，我的感觉是，心脏承载了一块水晶，我也知道，这就是那个自我。那股凉意爬上了我的胸脯。

当我从那可怕的高度紧张中清醒过来时，我感到有个东西正在走来。虽然我精疲力竭、累得要死，但我却乐于看到夏娃走进屋来，而且还是干柴烈火、心醉神迷的样子。

现在，沿着长长的街道不断传来马蹄的嗒嗒声，听上去很近，也很坚毅，随后戛然而止。我一个箭步跳到窗前。只见德米安正在楼下下马。我赶紧下楼。

“出了什么事，德米安？你母亲不会有什么事吧？”

他没有听见我说话。他的脸色苍白，汗水顺着额头的两侧流到面颊上。他的马也热得出汗，他把马缰绳系到花园的栅栏上，拉起我的胳膊，和我一起沿着街道往下走。

“你知道是什么事了？”

我什么都不知道。

德米安摁住我的胳膊，向我转过脸来，眼神里含着神秘、同情、怪异。

“是的，我的小老弟，擦枪走火了。你是知道的，与俄国的关系[①]极其紧张——”

① 1914年7月28日与奥匈帝国结盟的德国对塞尔维亚宣战，作为塞尔维亚保护国的俄国立即介入，于同年8月1日对德国宣战。

"什么？打仗了？我从没想过会打仗。"

他把声音压得很低，尽管附近没有一个人。

"还没有宣战。但会打起来的。你只管相信好了。我打那时起就再也没有拿这事烦过你，但从那个时候起我已经有三次见过新征兆了。不会是世界毁灭，不会是地震，不会是革命。但会是战争。这个影响如何，你就会看到！这会让那些人欣喜若狂，现在已经有人在盼望着出击了。在他们看来，生活已经变得乏味。但你会看到，辛克莱，这仅仅只是开始。或许会演变成一场大战，一场很大的大战。这纯粹是个开始。这场革新开始了，对那些念旧的人而言，这场革新将会十分恐怖。你会做什么呢？"

我感到惊慌，这一切在我听来还是陌生和难以置信的。

"我不知道——那你呢？"

他耸了耸肩膀。

"只要开始动员，我就报名参军。我是少尉。"

"你？之前没有听你说一个字啊。"

"是的，这是我当年诸多适应中的一个。我从不喜欢在外面引人注意，为了不犯错误，我总是宁愿多干点什么。我想，我八天后就在前线了——"

"哎呀，天哪——"

"好了，小老弟，你不要伤感地理解这种事。下令对活人开火，这其实不会给我带来快乐。这只会是次要问题。我们当中的每个人现在都会进入那个巨大的轮子[①]。你也是。你肯定会被征召入伍的。”

“那你的母亲怎么办，德米安？”

直到现在我才重新回想起一刻钟之前发生的事情。这个世界已经发生了翻天覆地的变化！之前，为了用魔法召来那幅最甜蜜的图景，我使出了浑身解数，可现在呢，命运却突然换上一副骇人的恐怖面具来重新审视我。

“我的母亲？啊，我们不需要为她担心。她很安全，比当今世界上的任何一个人都要安全——你特别爱她吧？”

“你之前就知道，是吧，德米安？”

他爽朗无拘无束地大笑起来。“小老弟！我当然早就知道了。不爱我母亲，却叫她夏娃夫人，这种人还没有出现呢。另外，之前是怎么回事？你喊过她或者是我，是不是？”

“是的，我喊过——我当时喊的是夏娃夫人。”

“她感到了你的呼唤。她打发我赶紧出门，要我来找你。刚才我已经把关于俄国的消息告诉你了。”

我们往回走，不再说话，他解开拴马的缰绳，骑到马上。

我回到楼上我的房间，直到这时我才感到我是多么疲惫不堪，

① 此处指的是轮回，又称生死轮回。印度教、佛教等认为，有生命的东西各依善恶业因，在天道、人道、地狱道等六道中生死交替，犹如车轮般旋转不停，循环转化，永无止息。

由于德米安的消息，更多的则是由于之前的竭尽全力。可是，夏娃夫人听到了我的呼唤！我用我心里的念想与她取得了联系。她恐怕自己就来找我了——如果不是——这一切是多么的奇特，本质上也是多么美好！而现在恐怕会有一场战争来临，我们以前讨论再三的事情现在恐怕开始发生。其中的很多很多事情德米安其实早就提前知道了。奇怪得很，这个世界潮流如今恐怕不再是在某个地方从我们的身边流过，它如今正在猝不及防地从我们的心间穿过，冒险和狂野的命运呼唤着我们，世界需要我们的那个时刻，世界愿意改变的那个时刻，或许很快就会到来。德米安说得对，不必为此多愁善感。值得注意的只是，"命运"这种如此孤独的事情，我恐怕将会和很多很多人一起，和全世界一起共同体验了。那好吧，随便！

我时刻准备着。傍晚时分，我在城里转悠，所有的角落里都是人声鼎沸、群情激昂。听到的都是"战争"这个字眼！

我来到夏娃夫人的小楼，我们在花园小屋里共进晚餐。我是唯一的客人。我们闭口不提战争。只是临了，在我起身告辞前，夏娃夫人开口说道："亲爱的辛克莱，您今天唤过我。我为什么没有亲自前往，原因您是知道的。但您不要忘记：您现在很熟悉那声呼唤，无论什么时候，只要您需要带有那个标记的人，您就只管呼唤好了。"她起身先走一步，穿行在花园的暮色中。这个神秘的女人走在沉寂的树林间，伟岸而颇有王者风范，在她的头顶上方，群星闪烁，短暂而温柔。

我快到头了。万物自行其道，健步如飞。战争很快到来，身穿制服的德米安披着银灰色大衣驶离，整个人显得出奇的陌生。我送他母亲回家。不久，我也和她告别，她亲吻我的嘴，让我紧贴她的胸脯片刻，她的一双大眼睛火辣辣与我的眼睛对视，目光亲近而坚定。

所有人都跟兄弟一般。他们的意思是祖国和荣誉。但那却是命运，他们全都对命运那毫无遮拦的脸看了一眼。年轻小伙们从兵营出来，登上一列列火车，我看到很多人脸上都有一个标记——不是我们的那个标记——一个意味着爱与死的美好而庄严的标记。我也被一些从未见过的人拥抱，我对此表示理解，也乐于给出回应。

那是一种迷醉，他们这样做时沉湎其中，那不是命运的意志，但这种迷醉是神圣的，它是由此而来：他们所有人都已向命运的眼睛投去了短暂而醒悟的一瞥。

当我上前线时，几乎已是冬天了。

刚开始我就对一切感到失望，尽管有着各种各样交火的轰动。为什么一个人极少能为一种理想而活，对此我以前曾进行过很多思考。现在我却发现，很多人，甚至是所有人都能够为一种理想而死。只是这种理想不可以是个人的，不可以是自由的，不可以是被选择的理想，它必须是一种共同的而且是被接受的理想。

随着时间的推移，我却发现我低估了这些人。尽管这种效劳和共同的危险将他们狠狠地整齐划一，我却发现很多人，活着的人和去死的人，都在壮丽地接近那个命运的意志。许多人，特别多的人，不是只在进攻时，而是随时保持着坚定、遥远、有点着魔的眼神，这种眼神不知目标为何物，只意味着对那个庞然大物的彻底献身。但愿这些人的信仰和看法能如他们所愿——他们时刻准备着，他们是有用的，未来可以由他们来塑造。世界对战争和英雄气概，对荣誉和其他古老理想的适应似乎越来越僵化，每一个看似人性的声音听起来越来越遥远，越来越不真实，这一切只是表面现象，同样，对这场战争的外在的及政治目标的追问也永远只会是表面现象。在表面之下的深处，某种东西正在形成。某种类似于新人类的东西。因为我能够看见很多人，他们当中的一些人死在我的身旁——这些人对于下面这一认识已经有所感觉，即仇恨和愤怒，打死和消灭，与客观对象无关。不，这些对象就跟那些目标一模一样，完全就是偶然。那些原始的感觉，即便是那些最狂野的，针对的也不是这个敌人，它们血淋淋的事业只不过是内在，即自身四分五裂的灵魂的散发，这个灵魂为了能够获得新生，意欲发狂和杀人，意欲灭绝，意欲去死。一只巨鸟在奋力冲出蛋壳，那只蛋就是这个世界，而这个世界必定会土崩瓦解。

在一个早春的夜晚，我在一个被我们占领的农庄前站岗。一阵懒散的风胡吹乱刮了几下，云的大军骑马越过佛兰德地区[①]高远的天空，云的大军背后的某个地方感觉有月亮。我已经不安了整整一天，某种担忧让我心烦意乱。现在，我站在昏暗的岗哨上，真挚地思念起我迄今为止的生活，思念起夏娃夫人，思念起德米安。我靠在一棵杨树上，出神地凝望动荡的天空，在那里，秘密闪烁的小亮点很快就变成壮丽的图景。我的脉搏细得出奇，我的皮肤对风雨不敏感，内心的警觉一闪一闪，由此我感到，一个领路人就在我周围。

云雾中可以见到一座大的城市，数百万人从这座城市涌出，他们成群结队，越过千山万水，星散四方。一个强大的神的形象走到他们中间，神的头发里有星星一闪一闪，神的魁梧犹如高大的山脉，神的身上显现出夏娃夫人的特征。她的身体如同一个巨大的洞穴，那些人的队伍在进入之后就消失了，不见了。这位女神蹲在地上，她额头上的那个记号闪着亮光。一个梦似乎控制了她，她闭上眼睛，她那巨大的面貌扭曲变形，显得痛苦。突然，她开始大声喊叫，从她额头里蹦出一颗又一颗星星，成千上万颗亮晶晶的星星，跃上漆黑的天空，运转出壮丽的曲线和半圆形。

这些星星中的一颗伴着清脆的声音向我这边疾驰而来，似乎

① 此处指的是第一次世界大战期间德国军队与协约国军队于 1914 年 10 月到 11 月在位于比利时和法国边境的佛兰德地区所进行的第一次佛兰德战役。

在寻找我——只见它呼啸着爆裂为成千上万的火花，我被撕扯到空中，而后又被抛落到地下，随着几声巨响，我头上的世界轰然坍塌。

人们在那棵杨树附近找到我时，我被泥土覆盖，身上多处受伤。

我躺在一个地窖里，我的头上炮声隆隆。我躺在一辆车里，颠簸地越过空旷的田野。绝大多数时候我不是睡着，就是没有知觉。但我睡得越沉，我就越发强烈地感到，有个东西在拽我，我在跟随一股力量，我被这股力量牢牢掌控。

我躺在一个铺着干草的马厩里，天很黑，有人踩到我的手。但我心里的那个东西想要继续，它用更大的力气把我拽走。我又躺在了一辆车上，后来则是一个担架或梯子上，而我越来越强烈地感到有人命令我去个什么地方，我热切地渴望赶到那个地方，这是我唯一的感觉。

我终于到达目的地。时间是深夜，我完全清醒，我刚刚还强烈感到过我心中的那个拉拽和渴望。现在，我躺在一个大厅里，以地当床，我这时的感觉是，我所在的地方就叫作我去的地方。我四处张望，另外有张床垫紧挨着我的床垫，上面躺了个人，这人俯身向前来看我。他的额头上有那个标记。他就是德米安。

我说不出话来，他也说不出话来，或者说不愿意说话。他只是一味地看着我。一只带罩子的挂灯挂在他上方的墙上，挂灯的灯光照在他的脸上。他冲着我微笑。

他久久地，久久地与我对视。慢慢地，他把他的脸向我伸过来，越伸越近，直到我俩几乎贴在一起为止。

“辛克莱！”他悄声说道。

我用眼睛向他示意，我明白他的意思。

他又微笑了，近乎同情的样子。

“小老弟！”他微笑着说道。

他的嘴现在完全贴近我的嘴。他继续小声地往下说。

“你还能回忆起那个弗兰茨·柯洛墨吗？”他问道。

我向他眨眼表示能，于是我也能够微笑了。

“小辛克莱，注意了！我将不得不离开。你也许将来有一天又会需要我，对付柯洛墨或别的什么。如果你到时候呼唤我，我是再也不会如此粗鲁地骑着一匹马或是坐火车来了。到时候你必须去听你内心的声音，然后你就会发现，我就在你的心里。你明白吗——还有件事！夏娃夫人说过的，如果有一天你过得不好，那我就得替她来吻你，她已经顺带着把这个吻给我了……闭上眼睛，辛克莱！”

我听话地闭上我的眼睛，我感到一个轻轻的吻落到我的嘴唇上，我的嘴唇上始终存着一点血气，这点血气永远不愿意变少。随后我就睡着了。

早晨我被叫醒，有人要对我进行包扎。待我终于完全清醒过来后，我赶紧扭头去看隔壁的床垫。那上面躺着一个我从未见过的陌生人。

包扎很疼。迄今为止发生在我身上的一切都很疼。但是，当我有时找到那把钥匙并完全向下进入我自己时，由于在这里，在这黑乎乎的镜子里潜藏着一张张命运的图景，所以我就只能俯身去照这面黑色的镜子，从而看到自己的样子，这个样子现在和他，我的朋友和领路人完全一样。

黑塞年谱

1877 年 7 月 2 日，黑塞生于德国南部施瓦本地区的小镇卡尔夫，他是约翰内斯·黑塞与玛莉亚·黑塞的次子。

1881 年，4 岁，一家移往瑞士的巴塞尔。双亲从事海外传教士工作。

1882 年，5 岁，黑塞已经会写即兴诗。

1886 年，9 岁，一家搬回卡尔夫镇。

1890 年，13 岁，为准备进入神学校，就学于格平根拉丁语学校，立志要做诗人。

1891 年，14 岁，9 月，考入毛尔布隆神学校。

1892 年，15 岁，3 月，突然离校，放弃学业。5 月，为医治神经衰弱，被送至神学者之家寄居，自杀，未遂。11 月，进入坎施达特高级中学。

1893 年，16 岁，10 月，由高中退学。10 月底，到书店见习。3 天便逃跑。回到卡尔夫帮父亲的牧师工作。

1894 年，17 岁，在卡尔夫当机械师学徒，被讥为“神学家工人”。

1895 年，18 岁，10 月，在图宾根的赫肯豪书店见习。暂时安定下来，开始写诗与散文。

1899 年，22 岁，自费出版第一本诗集《浪漫之歌》(*Romantische Lieder*)，发表散文集《午夜后的一小时》(*Eine Stunde hinter Mitternacht*)。同年秋天，转往巴塞尔莱席书店任职。

1901 年，24 岁，第一次去意大利旅行。由于莱席书店的好意协助，《赫尔曼·劳歇尔》(*Hermann Lauscher*) 一书刊行。

1902 年，25 岁，出版《诗集》(*Gedichte*)，献给母亲，但在诗集付印前，她已去世。

1904 年，27 岁，《彼得·卡门青》(*Peter Camenzind*) 由柏林菲舍尔书店出版，深获好评，奠定了新晋作家的地位。次年由此获得维也纳的鲍恩费尔特奖。与玛莉亚·伯恩诺利结婚，移居波登湖畔的小村凯恩赫芬。沉湎于大自然中，专心创作。刊行小传《薄伽丘》(*Boccaccio*)、《圣方济各》(*Franz von Assisi*)。

1905 年，28 岁，长子布鲁诺诞生。

1906 年，29 岁，《轮下》(*Unterm Rad*) 出版，大获成功。此外，还写了小品文多篇。

1909 年，32 岁，次子海纳出生。访问作家威廉·拉贝。

1910 年，33 岁，出版描述音乐家的小说《生命之歌》(*Gertrud*)。和瑞士的音乐家缔结深交。

1911 年，34 岁，盛夏至年末，到新加坡、苏门答腊、锡兰等地旅行。三子马丁诞生。

1913 年，36 岁，出版游记《印度纪行》（*Aus Indien*）。

1914 年，37 岁，描写画家的小说《艺术家的命运》（*Roßhalde*）出版。7 月，第一次世界大战爆发。为伯尔尼的俘虏保护组织工作，为德国俘虏热心地效力，奋不顾身地高呼和平主义。

1915 年，38 岁，小说《漂泊的灵魂——流浪者的故事》（*Knulp*）、诗集《孤独者之歌》（*Musik des Einsamen*）出版。罗曼·罗兰对黑塞的和平主义产生共鸣，8 月来访。

1916 年，39 岁，小说集《美丽的青春》（*Schön ist die Jugend*）出版。父亲约翰内斯去世，三子马丁病笃。妻玛莉亚精神病日趋严重，这一连串的精神压迫，加上慈善事业过分忙碌，使黑塞患了神经衰弱，健康状态逐渐恶化，住进疗养院，接受精神病医师兰克的治疗。开始阅读精神分析大师弗洛伊德、荣格的著作，受他们的影响很大。

1919 年，42 岁，以辛克莱的笔名发表《德米安》（*Demian*），在青年群体中掀起冲击性的狂飙，以此获得冯塔纳奖，次年第十七版以真名重刊，辞奖不受。同年离开玛莉亚夫人，移往瑞士南部的蒙塔尼奥拉定居。刊行《童话集》（*Märchen*），及随笔与短篇小说《小庭院》（*Kleiner Garten：Erlebnisse und Dichtungen*），热衷于画水彩画。

1920年，43岁，《画家的诗》（*Gedichte des Malers*，诗与水彩画）、《流浪》（*Wanderung*，随想录、诗与水彩画）、《混沌之一瞥》（*Blick ins Chaos*，评论集）、《克林梭最后的夏日》（*Klingsors letzter Sommer*）等出版。

1922年，45岁，《悉达多》（*Siddhartha*）出版。

1923年，46岁，5月，T. S. 艾略特来访。9月，与第一任妻子玛莉亚正式离婚。每年秋末都到苏黎世附近的巴登硫矿温泉治疗坐骨神经痛与风湿病，如此有30年之久。获得瑞士国籍。

1924年，47岁，1月，与露特·温格尔结婚。妻子的母亲莉莎是瑞士女作家与画家。

1925年，48岁，出版《温泉疗养客》（*Kurgast*）。秋天，到德国南部的三个城镇旅行，在慕尼黑遇见了托马斯·曼。爱好卓别林的电影，因其幽默与讽刺而大开眼界。

1927年，50岁，《荒原狼》（*Der Steppenwolf*）出版。跟第二任妻子露特离婚。与妮依·杜尔宾相识。《纽伦堡之旅》（*Die Nürnberger Reise*）出版。

1929年，52岁，把20年间最重要的诗作集为《夜的安慰》（*Trost der Nacht*）出版。开始撰写《如何阅读世界文学》（*Eine Bibliothek der Weltliteratur*）。逐渐恢复健康。

1930年，53岁，《知识与爱情》（*Narziss und Gold-mund*）出版。

1931年，54岁，11月，与学养丰富的美术家妮依·杜鲁宾结婚。开始撰写《玻璃球游戏》。

1932 年，55 岁，出版《东方之旅》(*Die Morgen-landfahrt*)。为了纪念歌德逝世一百周年，发表《感谢歌德》(*Dank an Goethe*)。

1935 年，58 岁，《寓言集》(*Das Fabulierbuch*) 出版。

1936 年，59 岁，弟弟汉斯自杀身亡。获得瑞士最高文学奖凯勒奖。

1939 年，62 岁，第二次世界大战爆发。黑塞在当时的纳粹德国是“不受欢迎的作家”。印刷用纸配给也被停止。

1943 年，66 岁，在瑞士出版 20 世纪伟大的巨著《玻璃球游戏》(*Das Glasperlenspiel*) 前后两卷。

1944 年，67 岁，一生挚友罗曼·罗兰去世。

1945 年，68 岁，第二次世界大战结束。出版短篇与童话集《梦的痕迹》(*Traumfährte*)。

1946 年，69 岁，接受法兰克福市的歌德奖，又荣获诺贝尔文学奖。发表献给罗曼·罗兰的评论集《战争与和平》(*Krieg und Frieden*)。此后，一直过着闲适安逸的生活。

1947 年，70 岁，纪德来访。伯尔尼大学授予黑塞名誉博士荣衔。

1950 年，73 岁，不伦瑞克市赠授予塞拉贝奖。

1951 年，74 岁，出版《后期散文集》(*Späte Prosa*)、《书简集》

(*Briefes*)。

1952 年，75 岁，庆贺 75 岁的纪念会在德国、瑞士等地举行。编成六卷的《黑塞全集》(*Gesammelte Dichtungen*) 由苏尔坎普出版社出版。

1954 年，77 岁，出版《黑塞与罗曼·罗兰往来书信集》(*Hesse, R. Rolland, Briefes*)。西德总统颁发功绩 (*Pour le Mérite*) 勋章给黑塞。

1955 年，78 岁，获得德国书业商会和平奖。出版《往昔回顾》(*Beschwörungen*)。

1956 年，79 岁，在联邦德国卡尔斯鲁厄市设立赫尔曼·黑塞奖。

1961 年，84 岁，出版旧诗与新诗合集《阶梯》(*Stufen*)。

1962 年，85 岁，8 月 9 日，在蒙塔尼奥拉家中，因脑溢血于睡梦中逝世。安葬于卢加诺湖畔圣阿邦第欧教堂墓地。

图书在版编目（CIP）数据

德米安 /（德）赫尔曼·黑塞著；罗炜译．—南京：译林出版社，2021.1

（黑塞作品）

ISBN 978-7-5447-8418-4

I.①德… II.①赫… ②罗… III.①长篇小说－德国－现代 IV.①I516.45

中国版本图书馆 CIP 数据核字（2020）第 184100 号

德米安 ［德国］赫尔曼·黑塞／著 罗 炜／译

责任编辑 陈绍敏
特约编辑 宗珊珊
装帧设计 鹏飞艺术
校　　对 张兰坡
责任印制 贺　伟

出版发行 译林出版社
地　　址 南京市湖南路 1 号 A 楼
邮　　箱 yilin@yilin.com
网　　址 www.yilin.com
市场热线 025-86633278
排　　版 鹏飞艺术
印　　刷 三河市中晟雅豪印务有限公司
开　　本 640 毫米 ×960 毫米 1/16
印　　张 14
版　　次 2021 年 1 月第 1 版
印　　次 2021 年 1 月第 1 次印刷
书　　号 ISBN 978-7-5447-8418-4
定　　价 39.80元